RÉPLIQUES

DU MÊME AUTEUR
CHEZ POCKET

FRANÇOISE SAGAN

RÉPLIQUES

QUAI VOLTAIRE

« Quand cessera-t-on de [lui] poser [...] les questions qu'on réserve aux grands malades, aux prévenus notoires ou aux contribuables prépondérants, pour s'aviser du respect humble et passionné qu'elle voue à la littérature, de sa vocation lyrique, et qu'à toutes les aventures elle préfère la promenade hasardeuse où deux mots qui se croisent vous montrent le chemin du bonheur d'expression? »

(*Antoine Blondin*, Ma vie entre les lignes, *Éditions de La Table Ronde, 1982.*)

NOTE DE L'ÉDITEUR

En 1974, les éditions Jean-Jacques Pauvert publiaient *Réponses;* ouvrage composé de « morceaux choisis », parmi les multiples entretiens qu'elle avait accordés depuis *Bonjour tristesse.*

De cette date à nos jours, la légende et l'œuvre de Françoise Sagan se sont poursuivies et nourries l'une l'autre. Elle a en effet publié près de vingt livres, réalisé deux films et nombre d'adaptations pour la télévision.

Ces *Répliques* présentent l'essentiel des pensées et des propos de Françoise Sagan depuis la publication de *Réponses.*

Ce livre s'est construit à partir d'entretiens accordés par l'auteur à la presse. Certaines questions toutefois ont été reformulées, et certaines réponses retouchées ou précisées par Françoise Sagan.

Les éditions Quai Voltaire remercient les journaux et les journalistes, écrivains et personnalités qui ont publié ou réalisé ces entretiens (*cf.* pages 125-126).

Elles remercient aussi les éditions René Julliard de leur compréhension confraternelle et Jean Grouët sans lequel ce livre n'aurait pas été possible.

À cause de la légende, du mythe Sagan, n'êtes-vous pas condamnée à ressembler à ce que le public voit en vous, c'est-à-dire une star du roman?

Il y a un côté péjoratif dans « star du roman ». C'est à la fois plus puéril et plus sain que ça. Pour le public, je suis l'écrivain type : tête en l'air, qui vit au jour le jour, jette son argent par les fenêtres, mène l'existence de ses personnages. Cela correspond à un mythe qui était vrai du temps de Musset ou à l'époque de Fitzgerald, mais qui a disparu et dont je suis censée faire partie, ce qui ne me rend pas peu fière.

Vous sentez-vous conforme à votre légende?

D'abord on n'est jamais une légende. Une légende est faite de gros clichés. C'est la légende qui se conforme à vos traits les plus saillants. Elle fait de vous une espèce d'être bizarre monté sur pilotis... La réalité, c'est qu'au moment de

Bonjour tristesse, j'avais dix-neuf ans, un âge où, à cette époque, les filles n'étaient pas très libres. Il se trouve que je l'ai été grâce au succès de mon livre.

> *La liberté que vous avez prônée et dont vous avez joui, était-ce un privilège?*

Oui, j'étais privilégiée. Je le suis encore. J'ai eu la chance d'avoir les moyens de ma liberté. La liberté, ça consiste à disposer du temps et de l'espace, et ça coûte cher.

Et quand on fait le métier qu'on aime, quand on mène la vie qu'on désire, on est tellement privilégié... Si on prend dix personnes sur cette planète, nous sommes ceux qui ont de la chance; les autres, huit sur dix peut-être, ont une vie effroyable, et souvent une mort affreuse.

> *Êtes-vous contente de votre vie?*

Oui, le plus souvent. Dès que j'ai commencé à lire, j'ai eu envie d'écrire. J'ai eu, comme tout le monde, à douze, treize ans, envie d'être géniale, célèbre, ce qui est à la fois enfantin et normal. Je voyais la célébrité comme un immense soleil rond qui se promenait au-dessus de nous... Puis, j'ai très vite vu que la célébrité, ce n'était pas un soleil rond, mais une série de petits bouts de papier avec, écrites dessus, des choses plus ou moins plaisantes. La gloire, ce n'était pas seulement les roses et les arcs de triomphe. Je l'ai fuie, j'ai refusé d'y penser, j'ai renoncé à la chercher comme à l'éviter. Mais il s'est trouvé quand même que le public a aimé ma littérature. J'ai vécu de ma littérature, sans que j'aie à faire autre chose ou à me plier aux *desiderata* de quelqu'un qui m'aurait fait vivre.

J'ai eu une liberté amoindrie quand j'étais amoureuse de quelqu'un, que je tenais à quelqu'un et qu'il me tenait. Mais on n'est pas amoureux tout le temps, Dieu merci. Autrement, malgré l'amour et la maladie – je connais assez les deux –, j'ai été heureuse. À part quelques passions contrariées, quelques accidents de voiture, quelques ennuis physiques, je n'ai connu jusque-là que le meilleur de l'existence. Et je suis libre.

Ne pensez-vous pas que vous avez connu la célébrité trop tôt?

Non! L'intérêt d'avoir du succès, c'est qu'après on ne pense plus au succès. On s'en débarrasse. Autant que ce soit tôt!

La notoriété ne vous gêne-t-elle pas?

Non. Plus maintenant. Ou très rarement.

Ça vous amuse?

Pas davantage.

Que pensez-vous de l'image qu'on a donnée de vous?

L'image qu'on a donnée de moi pendant des années n'est pas forcément celle que j'aurais souhaitée, mais finalement elle était plus plaisante que d'autres. Tout compte fait, whisky, Ferrari, jeu, c'est une image plus distrayante que tricot, maison, économie... De toute manière, j'aurais bien du mal à imposer celle-là.

Que représente l'argent pour vous?

C'est difficile de répondre, parce que je n'en ai jamais manqué. *Bonjour tristesse* est sorti alors que j'avais dix-huit ans : le pactole est arrivé à dix-neuf ans. Ce serait indécent de dire que l'argent n'a pas d'importance, c'est une chose nécessaire et commode pour être libre, pour pouvoir être seul. Le manque d'argent est terrible par la promiscuité qu'il implique. On est cinq dans une seule pièce, on est cinquante dans une rame de métro, on est quarante dans un bureau, on n'est jamais seul! Et pouvoir être souvent seul, c'est là une des clés du bonheur.

J'ai toujours pensé que l'argent est un très bon valet et un très mauvais maître. Un moyen, pas un but. Or, bien des gens le laissent être un maître. Pourquoi? Parce qu'il les rassure. Diderot disait : « L'or mène à tout. L'or qui mène à tout est devenu le Dieu de la nation. » Il écrivait ça au Siècle des lumières, et le siècle de l'atome le répète de plus en plus grossièrement à chaque génération.

Lorsque j'étais petite, on ne pouvait parler à table ni de l'argent, ni des biens, ni de la santé, ni des mœurs. Je ne vois pas un dîner maintenant où l'on parle d'autre chose.

Vous empruntez l'un de vos leitmotivs à Fitzgerald : « Les riches sont différents de nous. » Le pensez-vous réellement?

Hemingway lui avait répondu : « Oui, ils ont plus d'argent. » Le problème, c'est que les riches pensent comme Hemingway. Ils croient qu'on ne voit que leur argent, et du coup cet argent devient sacro-saint. Il fait la différence, et toute différence est ressentie comme bonne ou mauvaise. Les riches lui vouent un culte, il est leur dieu. Il y a les fidèles, ceux qui en ont, et ceux qui n'en ont pas sont les païens. Cette dévotion a quelque chose de sexuel aussi. L'argent est tabou, on ne peut pas y toucher.

On vous a accusée d'être dépensière, est-ce vrai?

J'ai gagné de l'argent, j'en ai dépensé sans compter, ou en comptant trop tard. Je ne l'ai jamais gagné sur le dos d'autrui et je l'ai toujours dépensé avec d'autres. Je ne me sens coupable de rien. L'argent rend des services, il est fait pour être dépensé quand on a la chance d'en disposer. Si on a de l'argent et si on est une personne normale, enfin normale selon moi, on en fait profiter ceux qui en ont besoin. On rencontre toujours des gens qui ont besoin d'argent.

Vous est-il arrivé de refuser de donner de l'argent?

Faute d'en avoir assez, j'ai dû apprendre à dire non. Personne n'a assez d'argent pour dire oui tout le temps, mais c'est dur.

Avez-vous souvent dit oui?

Si l'on me rendait l'argent qui m'a filé entre les doigts pour des choses diverses, je serais drôlement à l'aise pour un bout de temps. Une des premières personnes qui m'ait tapée, c'est l'auteur dramatique Arthur Adamov. Il était déjà démuni et assez mal en point. Il me demande de l'argent, je lui donne un chèque. Il me dit : « Je ne vous rembourserai jamais mais je ne vous en voudrai pas. » J'étais plutôt stupéfaite. Il est toujours resté aimable et souriant avec moi. Et j'ai compris par la suite qu'il y avait très peu de gens assez généreux pour supporter de vous devoir de l'argent.

Vous n'aimez guère les gens qui possèdent...

Je ne pense pas qu'on puisse devenir très riche et le rester sans une certaine dureté de cœur. Tous les gens extrêmement riches que je connais sont des gens qui, à un moment ou à un autre, ont dû refuser de prêter ou de donner. La richesse, cela revient à dire non. Alors, les riches sont des hommes un peu sujets à caution. Les gens qui se plaignent de leurs ennuis d'impôts m'exaspèrent : avoir à donner beaucoup d'argent à son percepteur veut dire que l'on en gagne beaucoup. Les pauvres ne se plaignent pas de leurs impôts, ils en ont moins à payer et ils n'ont pas le temps de s'en plaindre.

À propos de l'argent, je voudrais parler du snobisme incroyable des critiques qui me disent : « Les gens que vous décrivez sont des gens qui ont de l'argent, ils ne correspondent pas aux gens moyens, au peuple. » Enfin, ce qu'ils appellent le peuple. Or, moi, les lettres que je reçois me prouvent le contraire. Il semblerait que les êtres simples, les moins pourvus, n'aient le droit d'avoir que des sensations primaires, comme le froid, la faim, la soif, le sommeil ou le besoin de travailler, tandis que les sentiments comme l'ennui, la dérision, l'absurde seraient, dans la tête de ces messieurs, réservés à une élite. C'est assez étonnant comme snobisme.

Pourquoi aimez-vous le jeu?

Ce qui m'attire dans le jeu, c'est que les participants ne sont ni méchants ni radins, et que l'argent retrouve là sa fonction exacte : quelque chose qui circule, qui n'a plus ce caractère solennel, sacralisé, qu'on lui prête ordinairement.

Quand avez-vous commencé à jouer?

Je suis entrée dans un casino pour la première fois le jour de mes vingt et un ans : j'étais enfin majeure, j'avais le droit. Signe que je tournais autour depuis déjà longtemps. Il y avait une grande table de chemin de fer, j'ai navigué entre elle et la roulette. Ils sont restés mes deux jeux. Mais, pour jouer au chemin de fer, il faut avoir une assez grosse somme devant soi. À la roulette, on peut durer une heure, avec beaucoup moins d'argent. Et gagner à la roulette l'argent qu'on va jouer au chemin de fer.

Jouez-vous au poker?

Très peu. Pour moi, le poker est un jeu d'hommes. Je ne connais pas de femmes qui jouent bien au poker. Il faut vouloir la mort de l'autre, et c'est un sentiment que je ne connais pas.

Quand il m'arrive de jouer avec des amis, au gin-rummy surtout, nous misons des haricots, nous faisons des différences de cent francs. Le jeu, ce n'est pas ça. Le jeu se joue contre la chance, contre des inconnus, sur un grand tapis vert, dans l'atmosphère des casinos.

Ce qui est amusant dans le chemin de fer, c'est le courant qui passe autour de la table.

Devant tous ces inconnus, on se sent ami avec certaines têtes, au contraire certaines vous répugnent, et on joue avec certaines gens contre d'autres.

Ce qui est aussi épatant avec le jeu, ce sont les retours au petit matin.

Même quand on a perdu...

Même quand on a perdu. Mais quand on a gagné, on a envie de réveiller tout le monde pour étaler son triomphe.

Comme le matin où vous avez acheté votre maison en Normandie il y a plus de trente ans?

C'était un 8 août, en jouant le 8 à la roulette, j'avais gagné huit millions. Ce matin-là, je devais quitter la maison que j'avais louée pour les vacances et il y avait un inventaire interminable à faire dans cette immense baraque délabrée. Le propriétaire, grognon, pas aimable, était devant la porte avec sa petite liste à la main. Quand il m'a dit qu'il voulait vendre cette maison pas cher, juste huit millions, je n'ai pas hésité. Pourtant, d'habitude, je n'ai jamais d'argent devant moi, je suis une perpétuelle locataire. Bizarre, d'ailleurs, ce propriétaire : dans une grande salle au rez-de-chaussée de la maison, il avait fait disposer un carré de parquet, et le soir, au son d'un gramophone, il dansait tout seul, alors que sa femme, paralysée, était couchée au premier étage. Le reste du temps, il courait les bergères.

> *La légende veut que vous ayez perdu des fortunes, est-ce vrai?*

C'est la légende. Les directeurs de casinos, notamment à Deauville, aimeraient bien que ce soit vrai. Qu'on ne voie pas pour moi, dans le jeu, un mauvais compagnon. De même que mes amis ont toujours été pour moi de vrais amis, le hasard a toujours été pour moi un vrai compagnon. Je touche du bois, je gagne plutôt au jeu. Les gens condamnent le jeu, l'argent du jeu, par moralité absurde, parce que tout argent qui n'est pas issu du travail est pour eux de l'argent déshonnête. Sauf l'héritage : les vieilles fortunes sont considérées comme honnêtes.

> *Dans la légende Sagan, il y a aussi les voitures : « Conduire pieds nus pour être en communion avec la mécanique », c'est bien ça?*

Ah! l'homme qui a lancé cette phrase funeste est passé aux aveux : c'est le journaliste Paul

Giannoli. Il m'a dit : « C'est moi qui ai inventé cette phrase. » Je lui ai répondu : « Bravo, des années d'immortalité pour cette trouvaille qui me poursuit ! » En fait, comme tout le monde en vacances, je conduisais pieds nus de la plage à la villa, pour ne pas avoir de sable entre les doigts de pied, enfin, dans les chaussures. Je n'ai jamais pensé faire corps avec quoi que ce soit, d'inanimé j'entends.

À quand remonte cette passion?

Mon amour de l'automobile date de mon enfance. Je me revois, à l'âge de huit ans, assise sur les genoux de mon père, « conduisant », prenant à pleines mains l'immense volant noir. Depuis, j'aime la voiture, aussi bien pour ce qu'elle est que pour le plaisir qu'elle me procure. J'aime la toucher, m'asseoir dedans, la respirer... C'est un peu comme un cheval qui comprend vos envies, qui répond à vos désirs. Il naît entre elle et vous une complicité, un échange de sentiments. L'un donne sa force, sa vigueur, sa vitesse. En échange, l'autre offre son adresse, son attention.

Qu'est-ce qui vous attire dans la vitesse?

C'est la théorie qui consiste à dire qu'aimer la vitesse est un peu avoir le goût de flirter avec la mort! Quand on aime la vie, on est attiré par la mort, son contraire. Dans la passion de la vitesse, il y a celle du grand saut, de l'enjeu. Un peu comme dans l'amour-passion, lorsqu'une personne s'investit totalement, devient littéralement happée par sa passion.

Dans la légende Sagan, il y a aussi la drogue...

On a dit que j'étais droguée, parce que je ne bois plus ou peu, et qu'on ne me voit plus dans les casinos! Il faut bien qu'on dise quelque chose...

Il y avait tout de même du vrai dans le mythe Sagan...

Évidemment. J'aimais rouler vite, boire du whisky, vivre la nuit. Et j'ai goûté aux drogues.

Pourquoi aimez-vous la nuit?

Parce que j'ai l'impression d'avoir du temps, et que les autres en ont aussi. Les gens que l'on rencontre la nuit n'ont pas de rendez-vous dans dix minutes, ils sont libres. Et puis, ils ont envie de parler, de s'expliquer, de vous mentir ou de vous dire la vérité, d'établir des rapports gratuits.

Comment expliquez-vous le phénomène Sagan?

Il s'agit, avant tout, d'un phénomène sociologique. Le fait d'avoir écrit une histoire où le corps était perçu comme un élément naturel de notre société a, curieusement, fait scandale. Cela m'a beaucoup étonnée à l'époque, car mon intention n'était pas du tout perverse. *Bonjour tristesse* a dès lors fait boule de neige. Les gens ont été choqués. Aujourd'hui, on ne peut plus être choqué, car on a usé toutes les ficelles de la provocation.

Le mythe Sagan correspond à une génération et renvoie à des images : la plage de Saint-Tropez, les boîtes de jazz de New York, les Jaguar, les copains, une certaine idée de la liberté. Trouvez-vous les nouvelles générations différentes de ce que vous étiez?

D'abord, je me méfie du terme « génération ». Il n'y a en fin de compte que des histoires individuelles. Il y aura toujours des êtres possesseurs de la grâce et des amoureux transis penchés sur un balcon. Cela dit, il me semble que nous avions davantage qu'aujourd'hui envie d'être différents. De nos parents, des autres. Et nos idoles étaient plus âgées que nous, qu'il s'agisse de Sartre ou de Billie Holiday. Nous avions envie de les admirer plutôt que de nous identifier à eux.

N'êtes-vous pas agacée par les commérages qui circulent parfois sur vous?

Je suis aujourd'hui indifférente à ce qui me touchait au vif il y a vingt ou trente ans : l'exploitation systématique et caricaturale de ce que l'on pensait être ma vie privée. À l'époque de mes premiers livres, les journaux m'accablaient de réflexions malveillantes et me prêtaient des propos ridicules : j'avais beau limiter mes réponses dans les interviews à « oui » ou « non », je ne cessais de retrouver, sous mon nom, des phrases que je n'avais jamais prononcées. On m'a même soupçonnée d'avoir signé des romans qu'auraient écrits pour moi des membres de ma famille, c'est tout dire!

En général, j'évite de lire les commérages dans lesquels se complaît encore, de temps en temps, une certaine presse : mais je réagis quand c'est nécessaire, par l'intermédiaire de mon avocat. Cela dit, si des gens prennent pour argent comptant les articles fantasmatiques qui donnent de moi l'image d'une femme entourée de brigands et de dealers, passant sa vie entre les casinos de Deauville et de Monte-Carlo, réveillonnant avec Madame Claude et grevant les caisses du budget de l'État en tombant malade à Bogota, et si ces mêmes gens changent d'attitude à mon égard pour ces raisons, j'en déduis tout naturellement qu'ils cherchent à voir en moi celle que je ne suis pas. Perdre leur estime m'est alors indifférent. Il en est de même de ceux qui confondraient ce que j'écris avec mon soutien politique à François Mitterrand.

Quel regard portez-vous sur le « phénomène littéraire » Sagan?

La presse, les gens ont parlé de phénomène. Je suis un écrivain dont on lit les livres. Cela n'a rien de phénoménal. C'est ce qu'on peut appeler un destin si l'on est romantique et un peu emphatique; une carrière si l'on est cynique et pratique; un accident si l'on n'aime pas mes livres; une bonne chose si on les aime; une réussite si on se place du point de vue du succès...

« ... Une œuvre et une vie également agréables et bâclées », c'est ainsi que vous avez vous-même résumé votre parcours dans le Dictionnaire des écrivains *de Jérôme Garcin. Est-ce une provocation?*

Non, ce n'était pas une provocation. Il est vrai que j'ai écrit plein de livres bâclés. Pourtant, il m'est arrivé de refaire onze fois les cinquante premières pages d'un roman.

Pourquoi écrivez-vous?

J'écris simplement parce que j'aime ça! C'est un vice et une vertu, incompréhensible, et en plus une vertu qui devient un plaisir. Écrire est un métier très intime. Je n'aime pas les gens qui parlent toujours de ce qu'ils font, ça me casse les pieds, je ne voudrais pas en faire autant. Alors, j'évite de parler de mes rapports avec l'écriture. De toute façon, je crois qu'on ne peut inventer que ce qu'on sait déjà. Formuler ce que l'on sait fait apparaître des choses qu'on n'imaginait pas savoir. Est-ce avoir un certain rapport avec la mort et la postérité? Je ne le pense pas. C'est sans doute vrai pour un homme. Pas pour une femme, enfin, pas pour moi. Peut-être que le fait d'avoir un enfant nous libère de l'immortalité. Ça devient un sujet secondaire. L'enfant, c'est comme quand un arbre a une branche de plus. On vit, on meurt... On écrit.

Avez-vous une méthode de travail?

Il y a quelque chose de paradoxal dans votre question. Écrire, c'est s'oublier. Comment voulez-vous décrire, sans un certain arbitraire, un processus dont la réussite exige précisément que l'on évite de penser à soi-même?

Un livre, cela a l'air un peu romantique, un peu mélo, c'est fait avec du lait, du sang, des nerfs, de la nostalgie, avec un être humain, quoi! Alors, la méthode pour l'écrire, ce n'est rien d'autre qu'une manière de se couper du temps et de la vie extérieure.

Imaginez que vous ayez une bande d'Indiens à vos trousses. Votre seule pensée serait de vous cacher au plus vite dans le premier arbre venu. Une méthode de travail pour un écrivain, ça se choisit de la même manière. C'est une question de refuge, de repli tactique. Jamais, en tout cas, le moteur de la création.

Parfois, vous n'écrivez pas. Pourquoi?

Entre deux livres, je ne touche ni papier ni crayon. Je n'écris pas, parce que je suis quelqu'un de très paresseux. J'adore ne rien faire. Rester sur mon lit et regarder passer les nuages, comme dit Baudelaire, ou lire des romans policiers, ou aller me promener, voir des amis... Il y a un moment où des sujets me trottent dans la tête, où je commence par avoir de vagues idées, à voir de vagues silhouettes. Ça m'énerve. Puis il y a un moment où des pressions extérieures se manifestent... Le besoin d'argent, le fisc... Ce sont ces pressions qui m'obligent à passer à l'acte. C'est d'ailleurs pourquoi ma manière de vivre, qu'on m'a souvent reprochée, ma façon d'user de l'argent, de le jeter par les fenêtres au fur et à mesure, m'ont en fait sauvée. J'aurais été en sécurité, j'aurais eu de l'argent pour le reste de mes jours, Dieu seul sait comment cela se serait terminé.

Ces idées qui trottent dans ma tête, les pressions du dehors, tout se conjugue et devient une sorte de masse à laquelle je ne peux résister qu'en écrivant. Généralement, les nécessités du dehors et les envies intérieures se rejoignent, pratiquement au même moment. Mais si l'influence extérieure est en avance sur l'exigence intérieure, alors là, je m'arrache les cheveux, je me dis : je suis fichue, je n'ai plus d'inspiration, c'était un don du ciel qui est parti. C'est à chaque fois pire. Je suis persuadée que c'est fini. Et puis j'écris.

Qu'est-ce qui vous a conduite à l'écriture ?

Je crois que c'est la nature. J'aime la campagne, j'y suis née, j'y ai passé toute mon enfance, j'y ai vécu pendant la guerre. Je m'y sens très bien. Quand j'en parle dans mes livres, Bernard Frank me dit toujours — c'est un de ses grands trucs : « Quand tu racontes la campagne, tu écris : " L'automne était roux. " » Cela le fait fondre en larmes.

Est-ce difficile d'écrire?

Au début, c'est physiquement très pénible. L'écrivain est aussi un pauvre animal, enfermé dans une cage avec lui-même. Cela peut être même très humiliant. Parfois, on travaille toute la nuit et le matin, on se dit : « C'est pas ça. » Au début, je déchire beaucoup.

Il y a toujours un mauvais moment à passer. Quand l'histoire se met en place et que je ne sais pas très bien comment m'y prendre. C'est un travail de bûcheron, d'artisan. On place des pierres, on essaie de coller du ciment et puis, patatras, tout s'écroule. Les personnages ne sont pas là, on ne les voit pas, ils ne sont pas encore définis. On ne sait pas comment les faire bouger, on attend qu'ils se précisent d'eux-mêmes. On ne sait pas comment ils sont tournés ni ce qu'ils vont devenir, on leur prête juste un geste ou deux.

Puis, une fois que c'est parti, qu'ils existent, ça y est. On n'a plus qu'à les suivre. C'est quand mes personnages deviennent vraiment encombrants que je commence à écrire. Alors, là, j'écris très facilement, je ne m'arrête plus. Et quand ça marche, c'est formidable. Il y a véritablement des moments bénis. Oui, parfois, on se sent la reine des mots. C'est extraordinaire, c'est le paradis. Quand on croit à ce qu'on écrit, ça devient un plaisir fou. On est la reine de la terre.

J'ai parfois une envie animale d'attraper les mots. Quand je pense à certains mots, j'imagine que les sculpteurs, quand ils voient l'argile, ont la même envie. Mais le commenter... C'est comme si vous me demandiez si je préfère faire l'amour sans témoin ou devant un public. On peut voir, mais quand je n'y suis plus. C'est le plaisir de la forme et non du fond.

Je pense que pour les écrivains dits engagés, c'est le fond qui est censé prédominer, le message. Proust disait qu'un livre dans lequel on exprime un message est comme un cadeau sur lequel on laisserait l'étiquette. Au départ, c'est une impulsion sensuelle, esthétique, c'est comme si vous aviez une liaison avec quelqu'un de très séduisant et de très intraitable qui vous attend. Chaque étreinte peut être un bonheur extatique ou un fiasco. Il peut vous démolir ou vous combler. Quelquefois on a le courage d'aller vers lui et parfois on hésite. Cette hésitation s'appelle la paresse de l'écrivain : c'est en fait la peur. Pour les écrivains qui n'ont pas cette impression de rendez-vous d'amour dangereux, cela doit être sinistre, ou lorsque le rendez-vous d'amour se transforme en rendez-vous d'affaires, et même si le lecteur ne le voit pas, cela doit être affreux. Même et surtout si on est sûr d'emporter l'affaire. La seule terreur que puisse avoir un écrivain, c'est de ne plus entendre les voix qui l'habitent. Même les mots, ces fidèles alliés, ces sujets, ces soldats peuvent se révéler n'être qu'une piétaille révoltée et désobéissante. Alors, il faut parfois, pour se réconcilier avec ses troupes, s'engager dans un long et délirant poème qu'on ne termine pas toujours.

Vous arrive-t-il de vous décourager lorsque vous écrivez?

Oui, mais comme j'ai envie de continuer, je continue. Je suis plutôt maladroite de mes mains. Je ne crois pas que je pourrais faire autre chose. Je n'imagine pas de vivre sans écrire.

Finalement, êtes-vous heureuse de faire ce métier?

Oui. Quoique être écrivain, c'est à la fois merveilleux et terriblement ingrat. Le sculpteur, le peintre, le musicien, lorsqu'ils créent, ont devant eux leur œuvre. Des couleurs, des sons, des formes. Ah! le plaisir d'entendre la musique que l'on vient d'écrire... Ce doit être superbe. Le sculpteur peut avoir avec son œuvre un rapport sensuel, physique, immédiat. En revanche, quand un livre sort, l'écrivain, lui, se retrouve devant des signes sur du papier blanc. C'est l'angoisse, car, sans le lecteur, ces signes n'ont aucun sens. Et le lecteur, on ne sait jamais comment il va réagir.

Un jour, j'étais dans un autobus, devant une dame en train de lire un de mes livres, et tout à coup elle s'est mise à bâiller. Visiblement, elle s'ennuyait, alors j'ai fui. J'ai quitté l'autobus en quatrième vitesse et je suis rentrée chez moi à pied, quatre stations!

Cherchez-vous à plaire?

Non, je ne cherche pas à plaire. Le canevas de mes histoires est très classique : un début, une fin, une histoire, des gens... En cela, j'écris différemment d'une certaine littérature moderne. Mes romans sont marqués par un besoin d'intrigue. Il faut écrire instinctivement, comme l'on vit, comme l'on respire, sans vouloir être audacieux ou « nouveau » à tout prix.

Pourquoi écrivez-vous souvent court ?

Parce que j'ai fini ce que j'ai à dire, que j'en ai fini avec mes personnages. Pourtant, ce que je préfère au monde, c'est le roman. On se crée une famille avec laquelle on vit pendant deux ou trois ans. Le roman, c'est un long voyage avec des tas de gens auxquels on s'attache tout le temps du trajet. Une nouvelle, c'est un trajet très très court. Mais si j'arrivais à écrire de très beaux poèmes, je ne ferais plus rien d'autre. Seulement mes poèmes ne sont pas assez bons. Je passe ma vie à écrire des poèmes que je jette ou que je perds. J'aime perdre.

Lorsque vous écrivez, le livre vous suit-il dans la rue ?

Oui, de plus en plus, et je deviens assommante pendant six mois. Je suis assommante parce que j'y pense continuellement, comme à un problème à résoudre pour le lendemain ; ou bien, lorsque je suis triomphante, parce que j'ai bien travaillé. Quand on a écrit avec bonheur, on a toujours un petit côté supérieur qui doit exaspérer les autres. On a donc intérêt à écrire vite pour ne pas être agaçant trop longtemps.

Quand écrivez-vous?

La nuit, parce que c'est le seul moment où on peut travailler tranquille, sans téléphone, sans les gens qui passent, les amis de mon fils... sans être dérangé. Travailler la nuit à Paris, c'est comme être à la campagne. Le rêve! Je travaille de minuit à six heures du matin.

Écrivez-vous toujours à Paris?

Non. À la campagne, je travaille l'après-midi. L'agrément de la campagne, c'est de pouvoir, quand on se lève, flâner dehors, regarder l'herbe, le temps qu'il fait. L'après-midi, vers seize heures, on dit aux autres : « Il faut que j'aille travailler. » On se plaint, on gémit, on joue une petite comédie. Et ce qu'il y a de charmant, lorsqu'on s'est bien entendu avec sa machine à écrire ou son stylo, c'est qu'on oublie l'heure du dîner.

Cela ne signifie pas que j'écrive mieux à la campagne. Je peux travailler à peu près n'importe où : sur un banc, au pied d'un arbre, en voyage. Il n'y a que dans les cafés où il me serait difficile de travailler. Pas à cause du fond sonore mais à cause des gens, qui sont ce qui me distrait le plus sur la terre.

L'observation ne pourrait-elle pas être un stimulant pour la création ?

Croyez-vous vraiment que l'observation soit si importante pour un écrivain ? J'ai plutôt l'impression qu'il trouve la matière dans sa mémoire ou dans ses obsessions. L'imagination est chez moi la vertu dominante.

Lorsque j'ai une histoire en tête, je suis un peu comme une femme enceinte. Celle-ci ne pense pas tout le temps à son enfant, mais, de temps à autre, elle reçoit un coup de pied qui lui rappelle son existence. Ce peut être au cours d'un dîner ennuyeux, je les évite soigneusement, mais il arrive qu'on se fasse avoir. Ou bien, c'est au milieu de la nuit. J'allume, je cherche partout un crayon, je note mon idée sur un bout de papier, et, le lendemain, je l'ai perdu. Je prends beaucoup de notes, mais de nature purement imaginaire. Je peux vous l'as-

surer : pas un de mes personnages n'a été ins-
piré par des êtres réels, ce serait plutôt l'in-
verse. Ce sont mes personnages imaginaires qui
ont tendance, eux, à gêner mes rapports avec
les gens réels.

Travaillez-vous quotidiennement?

Oui, quand le livre est lancé. Au début, je
m'embarque toujours mal, je piétine. Je n'arrive pas à m'y mettre toutes les nuits. Après,
c'est parti, et je ne m'arrête plus. Un été, je
me souviens d'avoir travaillé pratiquement sans
interruption. Il n'avait pas plu depuis très longtemps et, à l'instant même où j'achevais mon
manuscrit, un violent orage éclata sur Paris.
Comme tout le monde attendait cette pluie, je
me suis dit que j'aurais dû finir plus tôt ce
roman.

Travaillez-vous beaucoup votre français?

Pas tellement. J'ai beaucoup lu, les mots
viennent assez facilement. Et puis j'ai un truc
très bien qui est le dictionnaire analogique
Tchou. Je l'aime beaucoup. Quand j'ai des
ennuis, je me jette dans le Tchou.

Vous arrive-t-il de vous censurer?

Non, je ne crois pas. Il y a une censure lorsque l'on veut donner une image de soi-même. Mais un écrivain est quelqu'un qui veut savoir. Il commence une histoire et il veut savoir ce qui va se passer le lendemain. Il y a des écrivains qui ne veulent pas qu'il se passe quelque chose : « Si j'écris cela, que va-t-on penser de moi ? » Si les écrivains pouvaient vivre tapis dans l'ombre, si leur personne physique, leur vie sociale n'étaient pas mises en cause à chaque instant par la télévision, la radio, la presse, etc., la littérature serait beaucoup plus passionnante. C'est la forme de censure qui me semble la plus précise aujourd'hui. Les écrivains veulent être moraux, ils veulent apparaître comme des gens justes, compréhensifs, tolérants : en un mot, comme des gens bien. Avant, on ne savait pas qui ils étaient, ils n'avaient pas de visage ; maintenant, comme tout le monde est en pleine lumière, tout le monde essaie de faire bonne figure. Ils oublient que la seule morale, c'est avant tout l'esthétique, la beauté. Ils veulent être conformes à certains critères d'anticonformisme. Ils acceptent volontiers d'être des réprouvés ou des cyniques mais, en tout cas, quelqu'un de marquant et de dessiné. Une image d'eux-mêmes. En plus, ils veulent ne pas se donner trop de mal pour rien.

Ils veulent que ce soit positif, ils refusent le rôle de bouffon, artiste, parasite. Alors qu'en fait tout cela ne sert à rien. Tout est inutile. Il ne restera rien. C'est gratuit, la littérature. On vit dans une société empirique, matérialiste. Tout est récupéré, récupérable, tout doit servir, tout doit être utile. Or, la littérature ne sert à rien. Ce n'est ni son objet ni sa nature. Les écrivains sont des gens qui crient dans le désert et ils doivent se moquer qu'il y ait un type avec un magnétophone pour en faire un disque. Si on écrit en pensant qu'on est le reflet d'une société ou qu'on est un wagon du train historique, on se trompe. Je parle de la littérature actuelle. Les écrivains ne veulent plus être gratuits, c'était la théorie de Proust : ils veulent illustrer leur époque, et leur époque n'a aucune importance en elle-même, c'est la manière dont ils la voient qui en a. Car leur époque, c'est Shakespeare, Baudelaire, Pouchkine. Il est possible que les défauts de leur époque leur donnent les accents ou la force, la pulsion de Shakespeare. Il est possible que parfois on meure de faim en Inde et qu'un écrivain, par révolte, trouve une voix géniale pour en parler. Mais il est aussi possible que cette même famine contribue à la mélancolie égoïste d'un quidam. Cette mélancolie lui inspirera un très beau

roman d'amour chez des gens repus. L'écrivain
ne doit pas servir son époque mais s'en servir.

*Ne pensez-vous pas que l'écrivain a un rôle
à jouer?*

À part des exemples très limités (Zola, Voltaire, Rousseau avant la Révolution, Soljenit-
syne), le rôle de l'écrivain est avant tout poétique. Il est bien plus souvent commentateur
que provocateur. À l'époque de Rousseau, les
gens qui lisaient étaient déjà des privilégiés.
Rousseau a plus influencé les commentateurs
de la Révolution que ceux qui l'ont faite. Les
écrivains croient qu'ils influencent mais ils se
trompent. Les choses bougent par les événe-
ments, uniquement : par contre, l'absence
d'objectif spirituel est un facteur de trouble
terrible. On vit sur des mots qui n'ont plus
aucun sens. Par exemple, l'État ne représente
plus du tout les citoyens : ce qu'on appelle la
croissance dont on nous rebat les oreilles est
une notion périmée, ridicule dans les pays
développés. On fait vivre les gens au milieu de
faux impératifs. On nous dit à la fois que la
croissance diminue de façon tragique et à la
fois qu'on sera bientôt cinq milliards. On ne
propose plus que des faits concrets, et on oublie

que les gens vivent par leur interprétation des faits. On prend les gens pour des crétins : on leur propose – quand on la leur propose – une augmentation de leurs biens matériels, et on oublie qu'ils ont aussi besoin de rêver. L'écrivain peut les y aider, c'est même son principal rôle. Mais encore faudrait-il qu'on laisse aux lecteurs le temps de rêver. Leur capacité visuelle est comblée par la télévision. Par rapport à la télévision, l'écrivain est un bien car il permet, par un millier de façons, de choisir ses images et d'exercer son imagination.

Vous critiquez-vous?

Je me critique sans me critiquer, sans me voir. Je me dis : puisque c'est comme ça, c'est comme ça. Je ne suis pas très travailleuse. Je continue, je continue et à la fin je vois. Dans l'ensemble, je n'aime pas les gens qui se vantent de travailler beaucoup, ou qui attendent l'inspiration, bref, qui font un numéro d'écrivain. J'utilise toujours ma paresse au maximum. La paresse est nécessaire. C'est beaucoup avec du temps perdu qu'on fait des livres, avec de la rêverie, en ne pensant à rien. Et puis, un jour, les personnages se forment. Je ne crois ni aux techniques ni au nouveau roman. Ce qui est beaucoup plus important, c'est qu'il y a tout l'être humain à fouiller. Le seul sujet pour un écrivain, c'est ce qui se passe dans la tête et le cœur des gens. Le reste est anecdotique, sans intérêt.

Vous décrivez beaucoup quand vous écrivez. N'avez-vous jamais envie d'inventer, de sortir de l'ordinaire?

J'invente toujours. Mes personnages n'imitent jamais les gens que je connais, ce serait grossier. Mais pour sortir de l'ordinaire, non. L'irréel me barbe. Je n'ai jamais pu lire de contes de fées. L'ordinaire est riche, les êtres sont multiples, différents, complexes...

Êtes-vous intimidée par vos personnages?

Non, pas du tout. Pas assez d'ailleurs. J'ai parfois un peu de condescendance envers eux. Il arrive que certains deviennent différents de ce que j'avais prévu au départ. Comme on dit de manière romanesque : « Ils vous échappent. » Moi, je ne me sens pas dépassée par eux. J'ai l'impression de les nourrir, de les aider au contraire. J'ai un mal fou à faire que mes personnages tournent mal. Je les aime bien. Je ne saurais pas, comme Flaubert, avoir des héros

que je mépriserais. Je les évite dans la vie de
tous les jours.

Comment définiriez-vous vos héros?

Je crois que ce sont des marginaux. Mais,
bien sûr, ils ne le savent pas. Être marginal
implique qu'on ne sait pas qu'on l'est. Les gens
qui se disent marginaux ne le sont pas vraiment. Mes marginaux à moi ont un certain sens
de la gratuité, ce qui n'est plus de mise, d'ailleurs, de nos jours.

Ils sont toujours en état de rupture... Ils ont
des problèmes sentimentaux, des ennuis d'argent, la jeunesse les quitte...

Tous les héros de roman sont en état de
rupture quand commence le livre. C'est nécessaire. Le bonheur du héros fait le malheur du
romancier. Que peut-on dire sur quelqu'un qui
est heureux?

À une exception près, dans Un peu de soleil
dans l'eau froide, *il n'y a pas de personnages
absolus dans vos livres. Pourquoi?*

L'absolu, en littérature, c'est trop facile. Un
personnage absolu vous conduit à aller droit
vers une solution qui est déjà fixée. Ce qui

m'intéresse, c'est la longue et incertaine bataille, parfois médiocre, parfois enivrante, des gens ordinaires, avec leur existence.

Vos personnages ne sont pas obsédés par la vie et la mort...

Non.

Ils sont obsédés par l'instant présent...

Bien sûr, comme moi d'ailleurs.

Vous avez beaucoup écrit sur la vieillesse et l'amour?

À partir d'un certain âge, on a pour les gens que les sentiments qui vous arrangent, qui ne prennent que la place qu'on peut leur donner. C'est une question d'horaire. J'ai des amies qui ont organisé leur vie avec un amant dont les exigences correspondent à leur organisation de vie. C'est cela la vieillesse, que les sentiments se plient à vos habitudes, cette seconde nature. On choisit les gens en fonction de la place qui reste. C'est une victoire sinistre. Le refus de l'imprévu. Ces femmes sont des gagneuses, les autres femmes subissent l'organisation de quelqu'un d'autre. Les gagneuses tiennent à une idée qu'elles ont d'elles-mêmes et agissent à quinze comme à soixante-cinq ans selon le personnage qu'elles veulent paraître. Mais en général, à cinquante ou soixante ans, les gens choisissent des sentiments commodes, ils ne veulent plus prendre des coups. Si peu se disent : « J'y vais. »

Avez-vous une théorie quant à la « scène d'amour »?

Je n'ai pas de théorie préconçue quant à la « scène d'amour » quand je commence un livre ; je n'ai pas de plan, seulement une situation et des personnages que je fais vivre ensemble, et qui sont toujours susceptibles d'évoluer d'une manière que je n'avais pas imaginée au départ. Il arrive qu'un personnage exprime une opinion non préméditée qui me le rend brusquement sympathique ou antipathique. Quand j'écris un roman, j'ai parfois l'impression que je continue à écrire pour connaître la suite.

De la même façon, les scènes d'amour s'amorcent d'elles-mêmes, on y arrive naturellement, par le biais du récit. Et, finalement, la nature de ces scènes est conditionnée par le caractère des héros qui y participent. Je n'aime pas tellement la description précise des choses de l'amour. L'amour, lorsqu'il existe, qu'il est possible et qu'il est partagé, relève d'un miracle poétique et charnel. C'est ce miracle que je voudrais exprimer tout en ne pouvant le décrire tout à fait.

Parlez-vous de vous dans vos livres?

Non, ça ne m'intéresse pas. Je ne cherche jamais à m'identifier à mes personnages. Ce sont peut-être des émanations de moi-même mais ils ne sont pas moi. L'imagination et la vie, ce n'est pas la même chose. Un livre, c'est toujours un peu mythique. C'est une espèce de rêverie, de fantasme qui n'a pas forcément de rapport avec la vie. Ce qui est amusant, c'est de donner la vie à des personnages qu'on ne connaît pas. C'est beaucoup plus drôle que de parler de soi.

Est-ce difficile de parler de soi?

Non, mais c'est moins intéressant. Je me parle de temps en temps, bien sûr, quand j'ai le temps. J'ai des rapports assez amicaux avec moi-même. Je me supporte mais je ne me passionne pas.

Malgré cela, vos livres vous ressemblent-ils?

Sûrement, mais je ne sais pas trop en quoi.

La lucidité est-elle indispensable pour écrire?

Oui, tout à fait.

Ne faut-il pas au contraire s'abandonner, perdre le contrôle de soi-même?

En poésie, oui, mais pas en littérature. La pudeur est un moyen comme un autre de contrôler un récit, de le maîtriser. Un chef-d'œuvre est rarement un livre impudique. Il n'y a pas d'impudeur chez Stendhal, voire chez Dostoïevski.

Avez-vous l'impression d'avoir emprunté quelque chose à quelqu'un?

J'ai dû emprunter à tous les gens que j'ai lus avec passion. J'ai dû emprunter inconsciemment à tout le monde. C'est sûr. À Stendhal et à Proust dans les meilleurs cas, à Paul Bourget dans les mauvais.

Vous-même avez situé vos livres : ni Proust — ni roman de gare... Quel est donc votre « genre de littérature »?

Ce n'est pas un « genre de littérature ». C'est une littérature qui est la mienne. Et que je juge honnête, parce qu'elle n'excède pas ses prétentions. Je ne cherche pas à délivrer de message, à faire autre chose qu'écrire. Cela dit, la lucidité n'implique pas une modestie outrée. Je considère que j'ai du talent. Plus de talent que beaucoup de gens ne le disent. Mais peut-être moins que certains ne l'affirment. Plus de talent que les neuf dixièmes des gens qui sont publiés actuellement. Mais je ne suis pas Sartre, je n'ai pas écrit *Les Mots*.

Vous avez dit : « Proust a du génie, moi j'ai du talent. » Considérez-vous que vous n'aurez jamais de génie ?

Je continue à rêver que ça puisse s'acquérir. Si je ne le croyais pas, je n'écrirais pas. J'ai dû dire cela à une époque où je pensais qu'il y avait une frontière entre le génie et le talent. Aujourd'hui, je ne sais pas... Si, il y a le génie de Proust. Proust a du génie, c'est évident. Pour avoir du génie, il faut sans doute ne faire que ça, ne se consacrer qu'à ça. Moi, j'ai passé ma vie à la vivre plus qu'à écrire.

N'avez-vous jamais envisagé de changer votre vie pour devenir un écrivain de génie ?

Non, oh non! Peut-être, si j'étais sûre de le devenir, j'arrêterais de vivre, mais l'enjeu est très lourd et le résultat incertain... Proust a arrêté de vivre parce qu'il avait de l'asthme et ne pouvait plus faire le joli cœur. Moi, je n'ai pas d'asthme, c'est embêtant!

Vous est-il arrivé de penser que vous écriviez un chef-d'œuvre?

On pense toujours que le prochain livre sera un chef-d'œuvre. J'ai parfois de vagues idées sur ce qu'il faudrait faire pour « resserrer », mais c'est tellement vague... De toute façon, ce serait un truc sur l'amour, avec très peu de personnages... Il faudrait que tout passe par leurs têtes, que j'arrive à me dédoubler et à être chacun d'entre eux. Il faudrait aussi que, face à un problème, j'évite de faire une pirouette ou une jolie phrase. Et puis, si un jour je me dis : « Voilà, j'ai écrit le livre que je voulais écrire », j'imagine que je serais gâteuse, paranoïaque, que j'aurais perdu tout sens critique. Ce serait tragique.

Ne vous arrive-t-il pas d'avoir peur du déjà-dit?

Alors là, on s'en fiche. Renouveler les thèmes, changer les décors, c'est une manie de la presse. Comme disait Cocteau : « La mode, c'est ce qui se démode. » On écrit ce qu'on a envie d'écrire. Un point, c'est tout. Les « néo », quoi qu'ils soient, m'assomment.

Pensez-vous qu'un jour vous arrêterez d'écrire?

Il y a tellement de gâteux qui écrivent jusqu'au dernier moment que, moi aussi, je pourrais écrire des choses gâteuses. De toute façon, tant que je n'aurai pas écrit ce chef-d'œuvre immortel, je n'arrêterai pas. C'est énervant quand même!

Aimez-vous vos livres?

Quand je commence à les écrire, non. Cependant, au moment du nirvana dont je parlais tout à l'heure, oui. Après, j'ai encore un petit moment de tendresse pendant deux ou trois mois. Puis je m'en sépare quand ils tombent dans le public.

Les relisez-vous?

Jamais. On pourrait très facilement me coller sur mes propres livres.

Êtes-vous en général d'accord avec vos critiques?

Rarement. Je les trouve ou trop pour ou trop contre. Rarement juste au niveau. Surtout pour *Bonjour tristesse*, le succès était démesuré. Je n'ai jamais rien compris à ce succès. Je me dis parfois : c'était un livre bien écrit, et puis il y avait cette idée de la non-culpabilité, de liberté dans l'amour. Mais, enfin, ce ne sont pas des raisons suffisantes. Heureusement, je n'étais pas assez bête pour croire que j'avais fait une œuvre d'art. J'avais dix-sept ans, mais j'avais beaucoup lu et notamment Proust!

Il y a une critique qu'on me fait souvent et qui est fausse. Curieusement, les gens ont toujours dit que je faisais évoluer mes personnages dans un petit monde doré. C'est faux. Je place mes personnages dans divers milieux. D'ailleurs quand j'ai écrit un livre qui se déroulait dans les mines, les gens ont dit : « De quoi se mêle-t-elle? »

On vous reproche souvent vos images...

Elles sont nécessaires. Je garde une image quand elle me paraît bonne. Le lyrisme, c'est le développement d'une exclamation. Si on ne peut plus s'exclamer! À quoi servent les couleurs, les sentiments? Qu'ils aillent au diable s'ils n'aiment pas ça! J'ose parce que ça me plaît.

Ces couchers de soleil, ces bateaux qui rentrent à l'aube, ferreux et embués, je les ai vus. Toute littérature est conventionnelle. On ne fait rien de bon quand on écrit pour faire nouveau. À un couturier qui me vantait un truc impossible parce que ça n'avait jamais été fait, je n'ai pas pu m'empêcher de dire que si ça n'avait jamais été fait, c'était parce que ce n'était pas « à faire », parce que c'était vilain.

La « petite musique » dont on parle toujours à propos de votre écriture, ça vous agace?

Je m'y suis habituée. La « petite musique », le « ton doux-amer », je peux faire moi-même la panoplie Sagan.

Y a-t-il, selon vous, une écriture propre à la femme?

Je ne crois pas qu'il y ait une écriture spécifique de la femme, mais il y a peut-être une littérature féminine, en ce sens que beaucoup écrivent en pensant qu'elles sont des femmes, et en voulant soit affirmer, soit nier leur féminité. Cela donne des romans ou plaintifs ou secs. Personnellement, quand j'écris, je ne pense pas aux différences de sexe. L'idéal serait d'être absent de ses œuvres. La bonne littérature, c'est celle pendant laquelle on ne pense pas à l'auteur. Malheureusement, la mode est au contraire. Quand on lit les *Karamazov*, on ne pense pas à Dostoïevski. C'est le gros défaut de la littérature actuelle : les écrivains veulent se dessiner, au lieu de dessiner leur héros. C'est à la fois prétentieux et pitoyable. C'est plutôt plus visible chez les hommes actuellement. Si la femme écrivain pense à elle, cela se sent. Si elle aime écrire, elle ne pense pas à elle. Elle ne pense pas, tout simplement. Quand les écrivains étaient anonymes, la littérature était beaucoup plus vivante; maintenant, les écrivains essaient de se retracer dans leurs œuvres. C'est souvent narcissique. Il est beaucoup plus intéressant de lire un livre où l'écrivain s'exprime à travers des héros. Il n'y a plus ce souci d'autosatisfaction. Maintenant, le personnage de l'écrivain est plus important que ses personnages. Les gens se souviennent mieux de moi que de mes personnages.

Qu'est-ce que l'écriture vous apporte de plus précieux?

Un but passionnel et inaccessible – un but, malgré ou grâce à cela, toujours désirable. L'écriture, c'est imaginer ce que savait notre moi. Écrire est la seule vérification que j'aie de moi-même. C'est, à mes yeux, le seul signe actif que j'existe, et la seule chose qu'il me soit très difficile de faire. Quand j'écris, j'ai toujours le sentiment d'aller directement à un échec relatif. C'est à la fois fichu et gagné. C'est à la fois désespérant et excitant. On a parfois, en écrivant, la sensation de retrouver des vérités enfouies en soi et qui ont la gentillesse de remonter à la surface, de se montrer. Le rôle de l'écriture est de me mettre toujours en question, d'être mon perpétuel moteur et de ne jamais me rassurer. Si je n'écrivais plus, la vie serait différente, je n'aurais plus envie de trouver les mots qui correspondent à ce que je sens, je n'aurais même plus envie de comprendre ou de connaître, la vie serait morte.

Quelle définition donneriez-vous de l'écriture ?

Inventer ce qu'on savait déjà... Rassembler toutes nos faiblesses, celles de l'intelligence, de la mémoire, du cœur, du goût et de l'instinct, comme si elles étaient des armes... Et les jeter à l'assaut de « rien », du blanc papier que notre imagination nous propose sans cesse.

À quel âge avez-vous commencé à lire ?

Dès trois ans, je m'emparais d'un livre et me pavanais dans la maison... parfois en le tenant à l'envers. Tout cela, j'imagine, pour me donner des airs importants! Ma mère ne m'a jamais lu de contes de fées, le soir, dans mon lit. Je détestais cela, et je continue. Sans doute parce que j'ai horreur de leur côté irréel, factice. Par contre, j'adorais les romans de Claude Farrère, pour leur exotisme je suppose, mais elle ne m'en lisait pas. Autrement, mes parents ne m'ont jamais dit : « Il ne faut pas lire ceci, il faut prendre exemple sur cela. » Donc, je piochais à gauche et à droite. À une certaine période de mon adolescence, Camus a beaucoup compté pour moi, plus même que ce *Cheik et son cheval* que je dévorais, très petite, mais dont j'ai oublié l'auteur.

Aujourd'hui, est-ce que vous lisez beaucoup?

Je lis tout le temps, même lorsque j'écris. Dans ce cas-là (qui représente assez peu de temps!), j'évite bien sûr de lire des livres sublimes, je donne plutôt dans la Série noire. Quand j'ai travaillé plusieurs heures sans m'interrompre, je me repose en lisant. Confier sa pensée à quelqu'un qui pense à votre place, surtout quand il s'agit d'un livre vif, c'est pour

moi le comble du repos. J'adore ça, et ça me
rend optimiste.

Et jalouse, parfois?

Quand un livre me plaît, je suis trop
contente, je crois, pour être jalouse. Envieuse
serait plutôt le mot. Mais c'est l'impression de
bonheur qui domine, quand par exemple je
découvre *La Promenade au phare* de Virginia
Woolf que jusque-là je trouvais barbante, quand
je relis *Le Rouge et le Noir*, ou Proust... J'aime
relire plus encore que lire.

Qu'est-ce que vous achetez dans une librairie?

N'importe quoi, j'achète tout, j'achète à
chaque fois deux ou trois Série noire, des
romans étrangers, beaucoup de traductions de
l'américain ou de l'anglais. J'adore Iris Mur-
doch, Saul Bellow, William Styron, Jerome
Salinger, Carson McCullers, John Gardner...
Et Katherine Mansfield. J'ai beaucoup apprécié
le livre que Anthony Burgess – qui me barbe
en général – a consacré à Somerset Maugham :
L'Enfer des profondeurs, il m'a fait beaucoup rire.
C'est désopilant comme *La Jument verte* de Mar-
cel Aymé. *Les Aventures de M. Pickwick* de Dic-
kens, ou les livres d'Evelyn Waugh sont aussi

pleins de scènes géniales qui me font tordre de rire.

Quels auteurs français aimez-vous?

Proust bien sûr, Proust que je relis réguliè-rement, chez qui je découvre toujours quelque chose de nouveau. Alors, je repars en arrière, je tourne les pages, je reprends ma lecture. Chaque fois, je découvre encore tel ou tel aspect qui m'avait échappé, et je sais que j'y reviendrai toujours.

Il y a aussi *La Chartreuse de Parme*. Ah! Stendhal!... En revanche, je ne voue pas un culte à Flaubert, je le trouve « macho ». Je trouve tout d'abord que son image de la femme est très réductrice. Il n'a pas voulu saisir les nuances et les subtilités du sexe faible. Ses des-criptions très machistes m'agacent, c'est irri-tant. Je n'accroche vraiment pas avec lui. Le premier écrivain à avoir dépeint une femme intelligente fut Stendhal. Avant lui, les femmes étaient toutes vues comme des objets de désir ou des garces. Il fut bel et bien l'un des pre-miers à bousculer cet archétype. Heureuse-ment d'aillleurs!

J'aime aussi Maupassant, comme tout le monde.

Plus près de nous, il y a Cocteau dont je relis toujours les poésies.

Revenons à Proust. Qu'aimez-vous en lui : son monde, la distance entre ce monde et celui dans lequel vous vivez, l'écriture?

J'aime toute la matière, tout ce qu'il dit sur les gens, sur le comportement des gens, sur la psychologie des gens, j'aime ses énormes développements avec cette espèce de minutie. J'aime la manière dont il s'est acharné à tout soulever, à tout décortiquer chez l'être humain. Je trouve que cette passion est quelque chose d'extrêmement tendre.

Pour vous, Proust, ce sont plus les gens que le milieu?

Les gens, oui. Le milieu, ce n'est pas du tout l'essentiel, c'est la solitude et les moyens que prennent les gens pour la briser. Dans Proust, c'est la quête de tout le monde : trouver quelqu'un avec qui partager un peu l'existence.

C'est une interrogation pour vous?

Oui. Ça l'est chez tout le monde. Je connais peu de gens qui soient résignés à vivre seuls.

Sauf peut-être les grands hommes. Je ne sais pas.

Y a-t-il un courant littéraire, ou une école, ou un milieu, dont vous vous sentez plus proche, ou bien vous considérez-vous résolument en dehors des courants littéraires?

Non, je ne me sens d'aucun courant et je ne crois pas qu'il y ait tellement de courants littéraires à l'heure actuelle. Les écrivains, en France, sont très séparés, très individualistes.

Vous avez connu le nouveau roman et, d'une certaine façon, vous lui avez survécu. Quels sont vos rapports avec Robbe-Grillet?

J'ai aimé certains de ses livres. Pas tous. Il y a aussi des livres de Marguerite Duras que j'ai aimés. Elle est avant tout une grande romancière.

Avez-vous lu les romanciers populaires, les feuilletonistes du siècle dernier?

J'ai lu Alexandre Dumas, Michel Zévaco, sa série des *Pardaillan*, Eugène Sue.

Leur trouvez-vous du talent?

Oui, beaucoup. C'est très amusant. Il y a chez eux un humour perpétuel. On les imagine comme des collégiens en train de s'esclaffer des aventures de leurs personnages. Il y a dans leurs récits une allégresse communicative et on les sent complices avec leur public.

Est-ce que Joyce compte beaucoup pour vous?

Pas du tout. J'ai un mal fou à le lire. J'ai lu *Les Gens de Dublin*, ouvrage excellent mais hermétique.

Que pensez-vous du monologue intérieur chez Joyce?

Celui de Bloom est une grande découverte. J'apprécie cette innovation technique, mais la plupart de ses livres me tombent des mains.

Qui aimez-vous dans la littérature française actuelle?

J'ai peu lu de bons livres français, ces dernières années. Il y a des gens très doués, pourtant. Bernard Frank, qui est vraiment un écrivain, peut-être le meilleur, François-Olivier Rousseau que l'on a sous-estimé et qui a écrit de très bons romans. Et Jacques Laurent; son *Stendhal* est une merveille et il a écrit le plus

joli récit paru sur le chômage que j'aie jamais
lu. Ça s'appelait *Le Mutant*, je crois, c'était pré-
senté sous une couverture racoleuse et moche.
mais c'est un livre passionnant.

Sartre, lui, est à part; il me touche, me
bouleverse et m'éblouit à la fois comme écrivain et comme homme. Les auteurs romanciers
ont tendance à se replier sur eux-mêmes, à se
raconter, à ne s'intéresser qu'à eux. Ce n'était
absolument pas le cas de Sartre. Vous savez,
écrire est un acte tellement périlleux, exaltant.
Il faut pour cela beaucoup d'orgueil, de vitalité,
d'intelligence, de force. On se jette soi-même
aux fourneaux, on brûle, puis on ressort
esquinté, épuisé, annihilé. Alors, il faut beaucoup de force pour s'intéresser aux autres. Moi,
a priori, j'ai tendance à croire que les autres
sont intéressants.

En 1979, cinq ans avant la publication de
Avec mon meilleur souvenir, où je parle de Jean-
Paul Sartre, je lui avais écrit une lettre parue
dans *Le Matin de Paris* et dans *L'Égoïste*.

    « Cher Monsieur,

    *« Je vous dis " cher Monsieur " en pensant à l'in-
terprétation dite enfantine de ce mot dans le diction-*

*naire : " un homme quel qu'il soit ". Je ne vais pas
vous dire " cher Jean-Paul Sartre ", c'est trop jour-
nalistique, ni " cher maître ", c'est tout ce que vous
détestez, ni " cher confrère ", c'est trop écrasant.*

*« Il y a des années que je voulais vous écrire cette
lettre, il y a, en fait, presque trente ans, depuis que
j'ai commencé à vous lire. Et, à la fois, il n'y a que
dix ans ou douze, depuis que l'admiration, à force
de ridicule, est devenue assez rare pour que l'on se
félicite presque du ridicule ou peut-être moi-même
ai-je assez vieilli ou assez rajeuni pour me moquer
aujourd'hui de ce ridicule dont vous ne vous êtes,
superbement, jamais soucié vous-même.*

*« Seulement, je voulais que vous receviez cette
lettre le 21 juin, jour faste pour la France, qui vit
naître, à quelques lustres d'intervalle, vous, moi, et
plus récemment Platini, trois excellentes personnes,
portées en triomphe ou piétinées sauvagement — vous
et moi uniquement au figuré, Dieu merci — pour des
excès d'honneur ou des indignités qu'elles ne
s'expliquent pas. Mais les étés sont courts, agités et
se fanent. J'ai fini par renoncer à cette ode d'anniversaire, et pourtant il fallait bien que je vous
dise ce que je vais vous dire et qui justifie ce titre
sentimental.*

*« En 1950, donc, j'ai commencé à tout lire; et
depuis, Dieu ou la littérature savent combien j'en*

ai aimé ou admiré d'écrivains, notamment parmi les écrivains vivants, de France ou d'ailleurs. Depuis, j'en ai connu certains, j'ai suivi la carrière des autres mais, s'il en reste encore beaucoup que j'admire en tant qu'écrivains, vous êtes bien le seul que je continue à admirer en tant qu'homme. Tout ce que vous m'aviez promis à l'âge de mes quinze ans, âge intelligent et sévère, âge sans ambitions précises, donc sans concessions, toutes ces promesses, vous les avez tenues. Vous avez écrit les livres les plus intelligents et les plus honnêtes de votre génération, vous avez, même, écrit le livre le plus éclatant, à mes yeux, de talent de la littérature française : Les Mots. Dans le même temps, vous vous êtes toujours jeté tête baissée au secours des faibles et des humiliés, vous avez cru en des gens, des causes, des généralités, vous vous êtes trompé parfois (ça, comme tout le monde), mais (et là contrairement à tout le monde) vous l'avez reconnu chaque fois. Vous avez refusé obstinément tous les lauriers moraux et toutes les exploitations matérielles de votre gloire, vous avez refusé le pourtant prétendu honorable Nobel, alors que vous manquiez de tout, vous avez été plastiqué deux fois lors de la guerre d'Algérie, jeté à la rue sans même sourciller, vous avez imposé aux directeurs de théâtre des femmes qui vous plaisaient pour des rôles qui n'étaient pas forcément les leurs, prouvant ainsi avec faste que pour vous " l'amour *pouvait être le deuil éclatant de la gloire ". Bref, vous avez aimé, écrit, partagé, donné tout ce que vous aviez à donner et qui était l'important, en même temps que vous refusiez tout ce que l'on vous offrait et qui était l'importance. Vous avez été un homme autant qu'un écrivain, vous n'avez jamais prétendu que le talent du second justifiait les faiblesses du premier, ni que le bonheur de créer seul autorisait à mépriser ou à négliger ses proches ni les autres, tous les autres. Vous n'avez même pas soutenu que se tromper avec talent et bonne foi légitimait l'erreur.*

« En fait, vous ne vous êtes pas réfugié derrière cette fragilité fameuse de l'écrivain, cette arme à double tranchant qu'est son talent, vous ne vous êtes jamais conduit en Narcisse (pourtant un des trois seuls rôles réservés aux écrivains de notre époque, avec ceux du petit-maître et du grand valet). Au contraire, cette arme supposée à double tranchant, loin de vous y empaler avec délices et douleur comme beaucoup, vous avez prétendu qu'elle vous était légère à la main, qu'elle était efficace, que vous l'aimiez, et vous vous en êtes servi, vous l'avez mise à la disposition des victimes, des vraies à vos yeux, celles qui ne savent ni écrire, ni s'expliquer, ni se battre, ni même parfois se plaindre.

« *Et ne criant pas après la justice parce que vous ne vouliez pas juger, ne parlant pas d'honneur parce que vous ne vouliez pas être honoré, n'évoquant même pas la générosité parce que vous ignoriez que vous étiez, vous, la générosité même, vous avez été le seul homme de justice, d'honneur et de générosité de notre époque : travaillant sans cesse, donnant tout aux autres; vivant sans luxe comme sans austérité, sans tabou et sans fiestas (sauf celles fracassantes de l'écriture), faisant l'amour et le donnant, séduisant mais tout prêt à être séduit, dépassant vos amis de tous bords, les brûlant de vitesse et d'intelligence et d'éclat, mais vous retournant sans cesse vers eux pour le leur cacher. Vous avez préféré souvent être utilisé, être joué, à être indifférent, et aussi, souvent être déçu à ne pas espérer. Quelle vie exemplaire pour un homme qui n'a jamais voulu être un exemple!*

« *Vous voici privé de vos yeux, incapable d'écrire, dit-on, et sûrement aussi malheureux parfois qu'on puisse l'être. Peut-être alors cela vous fera-t-il plaisir, ou plus, de savoir que partout où j'ai été depuis vingt ans, au Japon, en Amérique, en Norvège, en province ou à Paris, j'ai vu des hommes et des femmes de tout âge parler de vous avec cette admiration, cette confiance et cette même gratitude que celles que je vous confie ici.*

« *Ce siècle s'est avéré fou, inhumain, et pourri.*
Vous étiez, vous êtes resté, intelligent, tendre et incor-
ruptible. Que grâces vous en soient rendues ! »

C'est l'homme que vous avez vraiment aimé...

Parmi les gens que j'ai admirés, c'est celui
que j'ai le plus aimé. Mon père est mort au
moment où j'ai bien connu Sartre. Mon père
était très différent, mais il y a eu une espèce
de relais qui s'est fait intellectuellement et
moralement. Sartre était gai comme un pinson.
Les mensonges qu'il faisait à la belle Simone !

Vous l'avez rencontré un après-midi dans un
endroit mal famé...

C'était dans une maison de la rue Vavin,
un après-midi. J'étais moi-même accompagnée,
je tombe sur Sartre avec une femme, et on se
croise. Bien sûr, on ne se dit pas bonjour ni
rien. Le soir, par un hasard extravagant, j'ai
dîné avec lui, mon mari et Simone de Beauvoir.

Quels étaient vos rapports ?

Avec Sartre, je m'entendais merveilleuse-
ment bien. Nous étions nés tous les deux un
21 juin, moi trente ans après lui. Il m'appelait
« l'espiègle Lili » parce que j'avais toujours des

projets fous. Il me manque beaucoup. On ne
s'est pas vus pendant vingt ans, et un jour, je
l'ai rencontré par hasard; il était déjà un peu
malade et je lui ai écrit cette lettre. Il l'a lue,
il m'a demandé de venir le voir, je me suis
précipitée. Dans la dernière année de sa vie,
on dînait ensemble tous les quinze jours au
restaurant. On parlait de la vie, on parlait de
l'amour. Des femmes principalement... À propos des femmes qui avaient été ses maîtresses,
qui n'étaient pas de très bonnes actrices et à
qui il donnait pourtant les rôles principaux
dans ses pièces, il me disait : « Les gens sont
drôles! À quoi ça sert d'avoir un triomphe au
théâtre si ensuite on vous fait la gueule toute
l'année! »

Je me sentais sa mère car, comme il était
quasiment aveugle, je lui coupais sa viande et
lui tenais la main quand il se déplaçait; sa fille
aussi, parce qu'il me donnait son avis sur tel
ou tel problème privé. Je ne peux pas supporter
tous ces trucs que j'ai lus sur lui après sa mort,
quand les gens racontaient comment il laissait
tomber ses morceaux de gruyère sur son
complet-veston. Ça m'a horrifiée. Il était malade
mais il était marrant comme tout, charmant et
extrêmement courageux.

On ne parlait vraiment de rien, ni de mes livres ni des siens, on disait des bêtises, c'était très gai. En revanche, on parlait des œuvres que nous aurions voulu écrire, de ce qu'il aurait voulu écrire et qu'il n'avait pas eu le temps d'écrire, et qu'il n'écrirait pas puisqu'il était aveugle... Je me souviens d'une nouvelle qu'il n'avait pas pu rédiger à cause de sa cécité. C'était une situation aussi tragique que la sienne. Mais, jusqu'à la fin, il s'est comporté de la manière la plus tonique, la plus morale, la plus tolérante qui soit. Il m'avait expliqué que les gens très intelligents n'étaient jamais méchants. « Je n'ai connu, me disait-il, qu'un seul type à la fois très intelligent et méchant, c'était un pédéraste qui vivait dans le désert! »

Vous deviez faire sensation dans les restaurants...

Moi, bégayant pour demander une table, et lui me tenant par la main, on faisait au restaurant des entrées de comiques. Ça l'amusait d'ailleurs.

Simone de Beauvoir n'était-elle pas jalouse?

Je ne pense pas, elle n'avait aucune raison de l'être. Mais tous les gens qui étaient autour de Sartre étaient très jaloux de lui. Quand j'arrivais, il était déjà tout prêt à partir, dans le hall d'entrée avec son manteau sur le dos. Il me disait : « On file? » Alors, on filait.

Était-il très gamin?

Très. Quand je lui coupais des morceaux de viande trop gros pour lui, il me disait : « Ah! Ah! Le respect se perd! » Moi, je mangeais trois fois rien et lui mangeait comme dix. Nos appétits étaient sensiblement égaux aux poids de nos œuvres.

Sartre vous manque-t-il?

Bien sûr.

Il était...

Charmant, intelligent, plein d'humour!

Craignait-il de mourir?

Nous n'avons jamais parlé de ça. Ni des gens qu'on connaissait ensemble. On a toujours parlé comme si on était sur un quai de gare!

L'amour en somme?

Une forme d'amour... de ma part certainement!

Une passion brève...

Si elle n'avait pas été interrompue par la mort, elle continuerait, chez moi en tout cas.

Quels autres auteurs français contemporains aimez-vous?

Philippe Sollers, pas ses relations avec les femmes mais une manière d'être triste qui est assez touchante chez lui. Patrick Modiano et Jean-Marc Roberts me touchent aussi.

J'aime moins certains romans, à la mode aujourd'hui, où on veut faire de la littérature avant de faire une histoire, où on veut apprendre plus que raconter.

Mais c'est difficile de faire de la littérature en France. Si on fait attention à la critique, on est tout le temps coincé. Il n'y a plus de bonne critique, en fait : rien qui vous aide à écrire. Tout y est subjectif, un article est un numéro d'auteur qui ne vous apprend rien.

Et l'édition, sert-elle bien la littérature?

Il y a très peu de gens qui ont vraiment lu, dans l'édition, qui aiment vraiment la littérature et qui ont des postes correspondant à leurs capacités. En revanche, nombreux sont les ignares qui ont des postes énormes. J'ai eu la chance de commencer avec des éditeurs qui avaient à la fois le talent et l'argent. Aujourd'hui, on ne soutient pas assez les écrivains qui commencent et vendent peu sur un premier livre. Il faudrait leur laisser le temps de mûrir.

Quel souvenir gardez-vous de votre premier éditeur, René Julliard?

C'était un homme absolument charmant. En tant qu'éditeur, je ne sais pas, parce que je suis arrivée avec ce livre qui a été publié comme ça. Il aimait le livre et il y croyait. Et puis, c'est devenu ce que c'est devenu, ce qui fait qu'après j'étais un peu l'apprenti sorcier. Il lisait mes livres et il ne pensait pas tellement à les modifier. Ça marchait comme ça. Il était plus mon éditeur qu'un conseiller littéraire. Mais c'était un homme exquis.

Quel est votre roman d'amour préféré?

Impossible de n'en citer qu'un. Il y a *L'Idiot* de Dostoïevski; c'est un roman d'amour épouvantable : il aime tout le monde, elle n'aime que lui. Et aussi *La Prisonnière* de Proust — la mécanique démontée à ce point-là! Je voudrais aussi parler de *La Chartreuse de Parme, Les Palmiers sauvages* de Faulkner, *Le Lit des ténèbres* de William Styron.

Vous avez connu quelques « monstres » dans votre vie. Comment était Zanuck, par exemple...

Zanuck, moi, je l'ai connu amoureux de Gréco. Amoureux et malheureux, à l'époque. Donc touchant. Forcément humain.

Et Orson Welles?

Personne au monde, je crois, ne peut donner autant l'impression du génie tant il y a en lui quelque chose de démesuré, de vivant, de fatal, de définitif, de désabusé et de passionnel... Welles aimait un type d'hommes, le sien sans doute : violent, tendre, intelligent, amoral, riche. Obsédé et épuisé par lui-même, force de la nature, subjuguant, terrorisant, jamais compris et ne s'en plaignant jamais. Ne s'en souciant d'ailleurs probablement pas... On ne pourra jamais faire un film sur Welles, du moins je l'espère, parce que personne au monde n'aura sa stature, son visage, et surtout dans les yeux cette espèce d'éclat jamais adouci qui est celui du génie.

Et Tennessee Williams?

Cet homme était bon. Il avait en lui comme Sartre, comme Giacometti, comme quelques autres hommes que j'ai connus trop peu, il y avait en lui une parfaite incapacité à nuire, à frapper, à être dur. Il était bon et viril.

Est-ce que François Mitterrand continue de venir déjeuner régulièrement chez vous en tête à tête?

Cela arrive tous les quatre, cinq mois, quand il a le temps. Il fait téléphoner par sa secrétaire : « Je peux venir déjeuner? » Alors, il arrive, tranquillement, tout seul. Les voisins, dans le couloir, sont un peu surpris. C'est un invité charmant, toujours à l'heure et toujours de bonne humeur. On ne parle pas de politique. J'essaie de lui servir un plat qu'il ne mange pas dans les banquets : un pot-au-feu, par exemple. C'est un homme intelligent qui aime la littérature, qui a de l'humour. J'admire l'homme qu'il réussit à rester malgré le pouvoir.

Quelle est la place de Bernard Frank dans votre vie?

C'est mon meilleur ami avec Jacques Chazot. Nous avons, Bernard et moi, beaucoup cohabité. Certains jours, on ne pouvait plus se supporter, on se serait presque tué. Il a ses passions, moi les miennes. Mais nous nous sommes toujours retrouvés après que l'un eut assisté aux derniers soubresauts amoureux de l'autre.

Quel est le défaut que vous préférez chez un homme?

Une certaine forme d'insouciance. Il faut savoir être douce avec les hommes. Les hommes sont de grands enfants, de grands poulains. Il faut les prendre par la peau du cou et leur parler gentiment. C'est comme les enfants. Il ne faut pas les secouer tout le temps. Dès qu'un homme sent que l'on est un peu faible, il est enchanté et devient protecteur. Les hommes sont très protecteurs, Dieu merci! Ils sont comme les femmes ont besoin qu'ils soient.

On dit que vous vivez avec une bande...

En fait, je vis avec des gens, trois ou quatre personnes. Si je pouvais vivre avec eux en bande, ce serait délicieux. Mais le mot bande évoque, seulement, le whisky et la rigolade, une facétie énorme. En fait, j'ai de très vieux amis, mais je n'ai pas de « clan » comme on l'a dit.

Vous déménagez souvent, pourquoi ?

Parce que j'aime ça. Peut-être aussi parce que mes parents ont vécu dans le même appartement pendant cinquante-cinq ans. Au début, je suivais les gens qui m'intéressaient ou qui habitaient dans un quartier qui me plaisait. Aujourd'hui, je peux rester jusqu'à cinq ans dans le même appartement, ça n'est pas si mal. Je n'ai pas le temps de posséder. J'adore changer de cadre, j'adore regarder passer de nouveaux nuages. En général, je disparais toujours pendant mes déménagements. Je ne m'occupe de rien. Quand j'arrive dans mon nouvel appartement, on me dit : « Votre chambre, c'est ici. » Je vais me coucher, ravie. Je ne sais pas si je suis une bonne maîtresse de maison. Quand la femme de ménage me demande ce que j'ai prévu pour dîner, ça me plonge dans des abîmes d'angoisse.

La reconnaissance de grands écrivains vous touche-t-elle ?

En fait, peu de grands écrivains m'ont reconnue comme un des leurs. Les critiques et journalistes ont mis vingt ans à admettre que j'étais autre chose qu'un phénomène publicitaire.

François Mauriac, Tennessee Williams, pourtant, vous ont reconnue?

Oui et avec eux, Sartre, ils m'ont dit que j'avais le droit d'écrire : cela m'a fait énormément plaisir.

Fréquentez-vous beaucoup d'écrivains?

À part Bernard Frank, non, pratiquement pas.

Que pensez-vous des gens qui vous entourent?

Certains sont intelligents, certains sont bons, gentils... Il y en a que j'aime beaucoup pour des raisons précises. Je ne les aime pas parce qu'ils sont des noctambules, mais parce qu'ils sont eux-mêmes. On dit d'eux qu'ils sont superficiels mais, en réalité, ce qu'il y a de superficiel, c'est l'opinion qu'on a sur des gens que l'on ne connaît pas. Dès qu'on les connaît, on a une vue plus profonde, plus claire.

Beaucoup de vos amis sont drôles. Est-ce cela que vous attendez d'eux?

Oh non! pas uniquement. Je n'attends pas forcément d'eux qu'ils soient drôles. J'attends d'eux qu'ils soient heureux, qu'ils soient gais. J'attends d'eux... enfin, j'espère pour eux. Vous savez, il y a un âge, vers quarante ans, où les gens se disent qu'ils ont pris le tournant plus ou moins élégamment, plus ou moins facilement. Alors, j'ai des amis qui ont bien tourné ou mal tourné. Je ne sais pas si, par rapport à eux, ils considèrent que j'ai bien tourné. Je ne sais pas.

On a l'impression d'une grande acuité dans votre regard sur les autres et en même temps d'une grande indulgence. Est-ce parce que vous n'attendez le salut de personne?

J'attends à la fois tout et rien des gens. J'attends tout en ce sens que j'attends d'eux qu'ils m'aiment, qu'ils soient chaleureux, que la vie soit chaude. Mais je n'attends de personne de m'aider à subsister ni à me conduire.

Est-ce de l'indulgence ou de l'indifférence?

De l'indulgence. Je ne me sens pas du tout indifférente. Vous savez, à part quelques péripéties, j'ai eu une vie tout à fait bénie par les dieux. Donc, ce serait bien le diable si je me réveillais amère ou frustrée.

On vous dit fidèle à vos amis. Mais eux, l'ont-ils toujours été avec vous?

Non. J'ai eu des copains, ou des connaissances, ou des relations qui se sont révélés un peu minables. Quand les gens sont minables avec moi, je les oublie sur-le-champ. Je suis vaguement étonnée et je les oublie aussitôt. C'est assez commode d'ailleurs.

La vie vous amuse alors?

Oui! Même très souvent. Tout m'amuse, les autres, les rencontres, les voyages. Les gens m'intéressent par ce qu'ils font, par leur nature, par leur manière d'agir, de se défendre dans la vie, par leur sensibilité, leur intelligence, leur bonté. J'aime bien les gens.

Vous qui connaissez tout le monde et que tout le monde connaît, avez-vous encore envie de faire des rencontres?

J'en fais plein! Pas forcément des rencontres d'amitié, mais des rencontres de hasard... Dans les bistrots, des gens, qui ne me connaissent pas, me parlent... Cela n'est peut-être pas évident en ce moment même, mais je préfère écouter que parler...

Vous aimez vous occuper des gens un peu égarés...

Le ridicule en public m'est complètement indifférent... Et puis, je sais trop bien dans quelle confusion on peut parfois se trouver, pour l'avoir éprouvé moi-même! D'instinct, j'ai envie d'assurer la protection des enfants, des chiens, des ivrognes...

Ces gens que vous invitez à longueur d'année, ce sont tous des amis?

Oui. Il sont très agréables dans ma vie, mais pas nécessaires.

Que faites-vous quand vous ne travaillez pas?

Je profite du temps et de l'espace. Je me promène, je vois des gens, je ne fais rien... Tout ce qui est nouveau m'amuse, parfois avec excès. Heureusement qu'il me faut, de temps en temps, travailler, car si je n'avais pas eu à écrire des livres, je me serais peut-être plongée jusqu'au cou dans des excès néfastes, ou tout simplement dans la paresse... Par goût, je me serais contentée d'écrire un livre tous les dix ans, j'aurais peut-être publié des poèmes! Et je passerais tout mon temps à écouter de la musique que j'aime.

En écoutez-vous souvent?

Quand j'en ai envie, c'est-à-dire deux fois par semaine environ. Surtout la nuit, parce qu'on est tranquille et qu'il n'y a pas de téléphone. J'ai une passion pour la musique de chambre de Beethoven, je suis dedans jusqu'au cou, et ça dure. Il y a le septuor de Beethoven, par l'Octet de Vienne, qui est superbe.

Qu'aimez-vous particulièrement dans ce morceau?

Je ne sais pas. C'est une voix, quelqu'un qui demande à être aimé. Dans le septuor, il y a deux mouvements qui vous attaquent droit, sans entrée, sans allegro. Il n'y a rien, tout juste la phrase qui part.

Quel genre de musique écoutez-vous encore?

J'adore aussi ces chansons américaines qu'on passe à la radio, avec des paroles un petit peu foutraques, des sentiments un peu décousus et ce martèlement simpliste derrière. Les groupes américains, quand ils ne sont pas trop bruyants, j'adore ça.

Avez-vous appris le solfège?

Oui, quand j'étais petite, durant la guerre. Il y avait une veuve de guerre méritante qu'il fallait absolument faire vivre. Elle avait fait un petit clavier en carton avec des dièses à l'encre de Chine. Et je devais m'entraîner sans le son. J'ai renoncé complètement au solfège à ce moment-là.

Qu'est-ce qui vous attire chez les musiciens?

Tous ces métiers qui ont un rapport direct avec les sens m'ont toujours fait envie. La peinture, on voit ce qu'on fait. La musique, on l'entend immédiatement. Ce n'est pas le cas de la littérature : avec ces mots petits et noirs, on a moins de récompense. L'horreur de la littérature, si je peux dire, c'est que tous les gens sachant lire et écrire vous jugent. Ils vous donnent des conseils, peut-être bons, un peu inutiles. Mais on n'ira jamais dire à un musicien qui a écrit une fugue, vous savez, moi, à votre place, j'aurais mis un piano, pas un violon. Pour un peintre et son tableau, c'est pareil.

Et le théâtre?

Le théâtre m'amuse follement, parce que j'adore son atmosphère, les répétitions, l'odeur du bois, les décors qu'on met en place, les acteurs qui rentrent dans leur rôle, les crises de nerfs... Tout un monde clos et un peu fou. Et puis, le public décide en trois heures, lors d'une première, comme au baccara, du sort de la pièce. Plusieurs mois de travail, ceux de l'auteur, ceux des acteurs, en dépendent. Pour tout cela j'aime les acteurs, leur sensibilité, leur intelligence du texte, leur narcissisme qui est la matière même de la création.

Quand on fait un four — ce qui arrive parfois — pour tous ces gens plongés là-dedans depuis des semaines, c'est comme si une bombe atomique leur tombait sur la tête.

Avez-vous aimé écrire pour le théâtre?

C'est très grisant pour un auteur de voir son texte prendre corps avec des acteurs. On n'est plus seul face à sa feuille de papier. Et quand le rideau se lève les soirs de première, plus rien n'est sûr. Chaque fois, c'est un banco.

Contrairement à vos romans qui sont souvent en demi-teintes, vos pièces recèlent de sombres machinations, pourquoi?

J'ai l'impression que dans un roman il faut prendre des gens à peu près ordinaires, dont les sentiments puissent être acceptables, reconnaissables par tout le monde. Comme dans la vie. Alors qu'au théâtre, comme il y a des règles très précises d'unité, on peut mettre en scène des gens exceptionnels, des fous. L'excès de contraintes et l'excès de liberté font que la pièce s'équilibre d'elle-même.

Que pensez-vous de la télévision?

Avant, quand une famille se retrouvait le soir, elle se parlait. Maintenant, c'est fini. On dîne en regardant la télé, et on considère inutile d'échanger deux mots. Je crois que même si le fils arrivait en disant : « Papa, j'ai tué la bonne », le père n'entendrait pas! Même dans le Lot, ils ont été gagnés par la maladie. Dans mon village, il n'y en avait qu'une seule, au café, et tout le monde trouvait les programmes idiots. À huit heures du soir, on faisait le tour de la ville, on se parlait de choses et d'autres, des noix, des châtaignes, des raisins... Il y avait des gens drôles qui racontaient des histoires.

Maintenant, les volets sont clos à huit heures du soir : tout le monde est devant la télé, qui est devenue le grand igloo, ou plutôt la grande poubelle pour oublier les problèmes. Même les jeunes s'y enlisent peu à peu... Sincèrement, c'est un fléau lamentable.

Vous arrive-t-il néanmoins de la regarder?

Rarement.

Vous avez travaillé pour la télévision, quel souvenir en gardez-vous?

J'ai fait un essai, *Les Borgia*, qui a été assez catastrophique pour des histoires de production hallucinantes. Au dernier moment, il a fallu remplacer toutes les batailles par des récits de batailles. J'aime mieux ne plus y penser, c'était terrifiant.

Vous avez aussi travaillé pour le cinéma...

J'ai tourné un court métrage en trois jours, avec trois personnes, qui a eu le premier prix au Festival de New York. Et j'ai fait un film qui a été un flop total, que personne n'a vu. Il est sorti à Paris pendant le Festival de Cannes. Les critiques n'étaient pas bonnes, les gens n'ai-maient pas beaucoup, alors, stop, le cinéma. Le court métrage, c'est peut-être plus ma longueur. Cela dit, s'il y avait un fou prêt à me donner de l'argent pour faire un film, je n'hésiterais pas.

Qu'aimeriez-vous tourner?

Une histoire qui ne se passerait pas à table. Parce que j'en ai par-dessus la tête, dans tous les films que je vois, il y a toujours des gens assis dans des cafés en train de manger. Ça me tue.

Aimeriez-vous travailler avec des metteurs en scène?

Oui, beaucoup. Mais, bizarrement, j'ai l'impression que les metteurs en scène font tous leur histoire eux-mêmes, qu'ils ne cherchent pas d'auteurs. En tout cas, ils ne pensent pas à moi.

Moi, j'adorerais ça. J'ai fait un film avec Claude Chabrol, *Landru*, j'ai travaillé un peu avec Alain Cavalier sur un de mes livres, *La Chamade*. Mais il vaut mieux, à mon avis, travailler sur des textes qui vous sont étrangers.

Avez-vous été déçue par les adaptations cinématographiques de vos livres?

Il y en a eu certaines qui étaient effrayantes, *Un certain sourire,* qui était un cauchemar. Et puis, il y en a eu quelques-unes qui étaient plus ou moins bien.

Le film vous concerne-t-il une fois que vous avez publié le roman?

Oui, quand je le vois, je suis parfois stupéfaite. Si on vend un livre aux Américains, ça veut dire qu'on abandonne complètement l'enfant à ses nouveaux parents, et cela se passe généralement en dehors de vous. C'est l'éditeur qui s'en occupe.

Ne se sent-on pas trahi?

On est forcément trahi. Si on est trahi par des gens qui ont du talent, c'est mieux. Si on est trahi par des jean-foutre, c'est plus embêtant.

Y a-t-il une actrice « saganesque » dans le cinéma actuel?

Meryl Streep. Elle pourrait jouer tous les rôles de tous mes livres et de toutes mes pièces. Elle peut tout faire sans jamais sombrer dans la vulgarité. C'est une actrice incroyable.

Si on devait tourner votre vie à Hollywood,
cela vous serait-il désagréable?

Tant que je vivrai, on ne la tournera pas...
Et puis, qui pourrait la raconter? Il y a des
moments, des passages que j'ai complètement
oubliés. Mais tant que je vivrai, on ne la tournera pas. Après, ma foi, s'il se trouve quelqu'un
d'assez fou pour se lancer dans cette sorte de
projet... J'imagine la tête de Bernard Frank
quand il se verrait interprété par un acteur
américain.

Y a-t-il eu des périodes dans votre vie, comme
les peintres ont leur période rose ou leur période
cubiste?

Oui. Il y a eu l'adolescence et la jeunesse.
Et puis, il y a eu la période de la fête continuelle
qui a été assez longue. Très longue. Maintenant, il y a une période plus tournée vers le
travail, un peu plus calme. En fait, il y a eu des
périodes de tranquillité au milieu de la fête, et
des périodes de fête au milieu de la tranquillité.
Tout a toujours été un peu emmêlé.

Hormis la France, y a-t-il des pays qui vous
ont inspirée?

Des pays qui m'ont surprise, oui. J'ai adoré
le Cachemire où j'ai passé trois semaines sur
un bateau-hôtel. C'est l'endroit que j'ai préféré
dans le monde. J'habitais sur un lac. Je regar-
dais le lac, le lac me regardait. Mon frère et
moi allions chasser l'ours. On grimpait dans les
montagnes avec les sherpas. Moi, au bout de
trois cents mètres, je demandais grâce. Je res-
tais au pied d'un arbre avec mon fusil en me
disant : « Je finirai bien par voir un ours. » Et
puis, j'ai pensé : « Mais si l'ours arrive, qu'est-
ce que je vais bien pouvoir faire ? » Alors, j'ai
grimpé en courant sur l'arbre avec mon fusil.
Puis, une fois en haut de l'arbre, je me suis
dit : « Mais les ours, ça grimpe aux arbres. »
Alors, je suis redescendue en courant. Pendant
deux heures, youp, youp, j'ai fait des allers et
retours dans l'arbre en me donnant des coups
de crosse dans les jambes et le dos. Dieu merci,
l'ours n'est pas venu.

Et le Japon ?

J'y suis allée pour donner des conférences
à la noix, et je n'ai, hélas, rien vu sauf la Françoise Sagan japonaise. Elle avait deux fois mon
poids et deux fois ma taille. C'était assez
comique, parce qu'on était tous assis par terre

et qu'elle m'a dit avec une petite voix aigre-lette : « Vous savez que je pourrais être votre fille. »

Alors, je lui ai répondu : « Ah! ça, non! Ce n'est pas possible. » Elle était vraiment trop vilaine. Et là, j'ai cafouillé, j'ai marmonné, pour me rattraper, des choses comme : « D'une part, j'ai un fils » et : « Je n'ai pas connu d'homme japonais à l'époque de votre naissance. » Elle était très fâchée.

Quelles qualités morales comptent à vos yeux?

Le respect des gens. Je ne supporte pas qu'on les humilie. Je place la tolérance, l'indulgence, j'allais dire la bonté d'âme, au-dessus de tout. Comme la politesse.

Qu'est-ce que la politesse pour vous?

Être poli, cela veut dire anticiper, ou penser : « N'a-t-il pas du mal à mettre son manteau? » — « Vais-je m'asseoir avant qu'elle ne soit assise? » — « Est-ce qu'il n'est pas plus simple que je lui tienne la porte pour qu'elle passe? » Enfin, des choses aussi bêtes.

La politesse est aussi une question de temps. Il faut du temps pour dire « Merci infiniment », du temps pour dire « Auriez-vous la gentillesse de m'indiquer la rue Machin? » et tout bêtement du temps pour prêter attention à l'autre, quel qu'il soit.

Avez-vous l'impression que la politesse disparaît?

Avant, elle était exigible, elle était même un signe de virilité chez les hommes et de féminité chez les femmes. Maintenant, elle a complètement disparu. Quand, par miracle, je rencontre quelqu'un qui est poli, j'en tombe à la renverse.

Bizarrement, la courtoisie est un souci très démocratique puisqu'elle inclut l'égalité : qu'on ne jouisse pas de quelque chose sans en faire partager l'autre. On ne partage pas qu'avec ses pairs ou avec les gens d'un même milieu. En fait, la courtoisie, c'est l'imagination de l'autre... Avec un vague souci de la réciprocité.

Et que pensez-vous de la grossièreté des conducteurs?

Je crois que la fameuse violence de certains dans leur voiture, les altercations viennent en grande partie du fait que leur voiture est devenue leur cellule, le ventre de leur mère.

Le fait d'être sur quatre roues en caoutchouc ne coupe pas du reste de l'humanité, je ne crois pas, bien que le caoutchouc soit effectivement un isolateur... Les voitures font cage de Faraday pour tout, et pour tout le monde.

Et l'intelligence?

C'est un luxe qui, hélas, n'est pas à la portée de tous. Au fond, l'imagination me paraît être la vertu cardinale. Avec de l'imagination, on se met à la place des autres, et alors on les comprend, donc on les respecte. L'intelligence, c'est, d'abord, comprendre au sens latin du terme. Et qu'on ne me dise pas que, derrière ceux qui nous piétinent, il y a une âme tendre et meurtrie à épargner : les gens sont ce qu'ils font, rien d'autre.

Je crois qu'il est préférable d'être bête et ébloui qu'intelligent et déçu. Peut-être parce que j'y accorde une valeur morale, je tiens au bonheur. De nos jours, on n'arrête pas de parler du bonheur, de dire qu'il est indispensable d'être physiquement, politiquement, sexuellement heureux... Or, j'ai l'impression que cette définition est entachée d'un certain discrédit, qu'on y attache une notion d'ambition un peu fâcheuse. En fait, on se méfie du bonheur et

on s'ingénie à lui accorder des qualités de facilité, d'inefficacité. Pour moi, c'est tout le
contraire. Le malheur ne vous apprend rien,
il vous coupe les jambes. Il vous met le dos au
mur.

J'ai toujours eu honte quand j'étais mal-
heureuse. C'est un état dégradant, c'est imbé-
cile de ne pas être heureux. On sait que ça va
passer et ça ne passe pas. Écrire, ça ne sert à
rien à ce moment-là. L'idée que les épreuves
nourrissent, quelle belle blague! On apprend
bien plus quand on est heureux. On apprend
plus des gens tranquilles dans leurs amours.

Le bonheur vous rend plus disponible, et
surtout plus vertueux. Or, être vertueux, n'est-
ce pas le but de toute société et de l'humanité?
Regardez les journaux, les manuels d'histoire,
tout le monde veut être vertueux!

Aujourd'hui, tout homme qui parle à la
télévision se dit bon citoyen, bon père, proche
des pauvres et des faibles, pour les contacts
humains, blabla, etc. Imaginez quelqu'un qui
viendrait dire : « Moi, je me fous des gens, je
me fous des pauvres, je mange uniquement des
spaghettis, j'aime bien être gros, j'ai plein d'argent et le soir, je vais draguer les petits garçons

à la sortie des lycées!» Si un type faisait ça, je serais emballée, mais il est évident que ça choquerait à mort.

Quels sont les sentiments qui vous font le plus peur?

Le mépris, la compassion. En revanche, j'aime éprouver de l'admiration.

Qu'aimez-vous chez les autres?

Un mélange de charme et d'intelligence, la bonté. Je considère personnellement que le plus important, c'est la tendresse. C'est là qu'on teste la véritable intelligence.

J'aime qu'un individu n'agisse pas différemment de ce qu'il promet de faire. Dès que les gens passent par le regard des médias, ils changent pour plaire, c'est dommage.

Avez-vous peur de la solitude?

Non, pas du tout. Les gens qui m'entourent sont des gens que j'aime bien et qui m'aiment bien, en dehors de mon succès, je crois. La solitude est plus difficile à trouver qu'à fuir. Comme l'espace et le temps... Avoir des mètres carrés autour de soi et une nuit entière devant soi, c'est formidable!

Pourtant, vous parlez souvent de la solitude, pourquoi?

La solitude est un sujet qui a toujours été à la mode, dans toutes les modes, et qui me paraît spécialement frappant maintenant. J'ai l'impression que la solitude marche d'une manière inversement proportionnelle aux progrès de la communication. On peut se joindre, il y a mille manières techniques de se rejoindre, de communiquer les uns avec les autres, et il me semble que plus la science fait des progrès de ce côté-là, moins les rapports humains en profitent.

Pensez-vous que la solitude est la même dans tous les milieux?

Chez les snobs, il est de bon ton de prétendre qu'à part les ennuis matériels (ce qui n'est déjà pas mince!) les gens du peuple n'ont aucun souci métaphysique. Selon eux, les questions importantes et vitales seraient réservées à une élite. Imbécillité! Il n'y a pas besoin d'avoir fait Polytechnique pour se demander ce qu'on fait sur terre... Reste qu'une des rares choses que l'argent ne puisse pas acheter, c'est le confort moral. Enfin, le « confort moral », une espèce de facilité à vivre avec soi-même.

Pensez-vous que la solitude soit la même chez les hommes et chez les femmes?

Oui, absolument. On est seul, on meurt seul et, dans l'espace de temps, assez bref d'ailleurs, qui nous est imparti, on essaie désespérément de croire qu'on ne l'est pas, que quelqu'un vous comprend, vous écoute, vous regarde. Ce n'est même pas une illusion, c'est une forme d'aspiration, d'envie, qui peut être comblée un certain temps.

L'amour est apparemment le seul système pour échapper à cette solitude-là. Provisoirement. L'amour, une fois qu'il est fini, cassé, brusquement, on ne vit plus pour quelqu'un ou sous le regard de quelqu'un, vis-à-vis de quelqu'un; la solitude devient d'autant plus horrible qu'elle est sensible tout le temps.

J'ai lu une phrase de Chateaubriand qui m'a paru extraordinaire : « Ce n'est pas tant de perdre quelqu'un qui est atroce, parce qu'au fond l'existence de quelqu'un on peut s'en passer, mais c'est de renoncer à ses souvenirs, aux

souvenirs qu'on a eus avec cette personne. »
« Renoncer à ses souvenirs », je ne crois pas
qu'on le fasse délibérément. Je crois que les
souvenirs s'effilochent et disparaissent d'eux-
mêmes.

Les autres vous aident à partager les ins-
tants, les minutes. Ce qu'on appelle l'amour,
c'est avant tout une envie de se raconter, une
envie de parler à quelqu'un, de se voir dans
l'œil de quelqu'un existant, et existant d'une
manière séduisante. C'est d'ailleurs ce qui
explique, à mon avis, ces grandes amours,
incompréhensibles pour des tiers, entre un
homme très intelligent et une femme bête ou,
au contraire, une femme remarquable et un
homme un peu niais. C'est quelqu'un qui, brusquement, vous écoute, vous voit, et vis-à-vis de
qui votre vie – même si elle est plate –, racontée
à un autre devient anecdotique, intéressante,
brillante. L'amour, c'est, s'il vous arrive quoi
que ce soit, de se dire : tiens, je vais lui raconter,
tiens, j'aurais dû l'emmener avec moi. Malheureusement, les gens ont une tendance malheu-
reuse et instinctive à introduire des rapports
de forces dans les sentiments. Comme les gens
ont peur – de la vie, de recevoir des coups –,
ils se mettent tout de suite dans une position

où le gagnant serait celui qui aime le moins et le perdant, celui qui aime le plus. Or, c'est un raisonnement faux.

Pensez-vous que l'amour heureux existe?

L'amour heureux, c'est quand on a travaillé, qu'on est fatigué, exténué, et que votre journée vous a paru accablante, de rentrer chez soi et de voir quelqu'un qui a un tel regard sur vous qu'on a envie de la lui raconter sa journée. Et que justement, en lui racontant, elle devient amusante, parce que l'autre a un reflet de vous assez romanesque, assez intéressant ou assez brillant pour que cette journée plate devienne, en la racontant, passionnante.

Cela dit, rentrer chez soi pour faire le clown et distraire l'autre, c'est une catastrophe. Ce n'est pas l'amour. C'est une forme de vie commune mal équilibrée.

Et le jour où l'autre personne estime que votre histoire n'est pas du tout intéressante, qu'est-ce que cela veut dire?

Cela veut dire soit que vous êtes pris d'une sorte de complaisance morbide pour vous-même et la réaction est absolument justifiée, soit que vous n'êtes plus aimé. Parce que ce n'est pas tout de raconter.

Faites-vous une différence entre l'amour et la passion?

Un amour, on se comprend de l'éprouver. Une passion, on se la reproche.

Croyez-vous au coup de foudre?

Oui. Enfin, je crois au coup de grande attirance immédiate. Mais je ne crois pas que cela puisse durer. Parce que c'est basé sur des éléments avant tout physiques. Cela provoque une imagination du corps qui, à mon avis, n'est pas absurde, et est le corollaire d'un amour. L'entente physique est indispensable mais pas suffisante.

Des gens peuvent vivre parce qu'ils s'aiment moralement. Ils s'aiment, ils s'estiment, ils se font rire, ils s'intéressent, sans que le côté physique existe vraiment... Mais le troisième larron gagne tout de suite.

L'amour-passion ne dure pas plus de sept ans, paraît-il. C'est une question de renouvellement de cellules. Après la valse et le tournis, on trébuche. Cela ne veut pas dire la séparation mais peut-être : « Ils se marièrent et eurent beaucoup d'enfants. » Ce qui interrompt nettement le roman d'amour. L'amour, c'est le seul palliatif contre la solitude.

Avez-vous l'impression que les relations amoureuses durent moins qu'autrefois?

L'imagination, actuellement, n'est plus provoquée. Maintenant, vous voulez avoir des nouvelles de quelqu'un, vous prenez le téléphone.

Ce qui a changé aussi, c'est que, de mon temps, l'amour physique était interdit aux jeunes filles; maintenant, il est obligatoire. C'est presque pire. Une fille qui aujourd'hui est vierge à dix-neuf ans est presque grotesque. Mais l'amour obligatoire, c'est fatigant! Il y a beaucoup de gens à qui ça casse les pieds, de se livrer à des ébats amoureux, mais qui sont obligés d'y aller parce que c'est la mode. Voilà le nouveau conformisme! Et, comme tout conformisme, il suffit d'en prendre le contrepied pour choquer...

Peut-on aimer deux hommes ou deux femmes à la fois?

Oh oui! je crois. Différemment. Et d'ailleurs pour aimer deux hommes, il faut être aimée au moins par l'un énormément. J'ai toujours pensé que l'on ne pouvait tromper un homme que l'on aimait que s'il vous aimait vraiment.

Là, on peut le tromper, parce qu'on a un tel capital de bonheur sur soi! Moi, lorsque j'étais heureuse, j'ai pu tromper les garçons avec qui j'étais, et si j'étais amoureuse d'un type qui ne me regardait pas, je ne pouvais pas le tromper : je me trouvais moche et je n'avais envie de personne. Alors que si on est aimée par un homme qui vous aime, on se sent belle, on a envie de plaire, de confirmer son opinion. Il y a peu de femmes qui admettent cela, et les hommes encore moins. Mais c'est vrai.

Avez-vous rêvé d'un amour éternel?

Quand j'avais quatorze ans, oui. Plus tard, non, parce que ça me paraissait intéressant de connaître d'autres hommes malgré la tristesse des séparations. L'amour peut être un trouble-fête. Quand on commence à s'ennuyer, à gre-lotter d'ennui, alors, il faut filer. Je brusque parfois les choses pour ne pas avoir à assister au pire, à ces déjeuners où l'on n'a plus rien à se dire. Mais je ne vois pas de recette pour s'aimer longtemps. Ni sa nécessité. J'ai trop le

goût du bonheur pour avoir des désirs irréa-
lisables.

L'amour rend-il heureux?

Quand on est amoureuse, on n'a jamais le
bonheur complet. D'une part, on n'est jamais
tout le temps avec le type qui vous plaît. D'autre
part, on n'est jamais absolument sûre ni de soi-
même ni de lui. Il y a une phrase superbe de
Proust là-dessus : « Il ressentit auprès d'Alber-
tine cette gêne, ce besoin de quelque chose de
plus qui ôte, auprès de l'être qu'on aime, la
sensation d'aimer. » Je crois que c'est juste.

Si on dit le mot amour, que répondez-vous?

Je cite toujours la phrase — elle est magni-
fique — de Roger Vailland : « C'est ce qui se
passe entre deux personnes qui s'aiment. »
J'ajoute que l'amour, c'est comme une maladie superbe, honteuse lorsqu'elle n'est pas par-
tagée. Quand je ne suis pas amoureuse, je juge
cela fou, bête, inutile. Quand je le suis, je
m'accroche au téléphone, je désespère... Je
suis très touchée par le fait que des gens
réputés implacables soient désarmés par des
doux, des tendres. Lorsqu'on tombe amoureux de quelqu'un de bon, on est cuit. C'est

pour toujours. Mais l'existence des hommes n'est pas drôle du tout! Les rapports entre les couples sont souvent tendus, impossibles... peut-être parce que les femmes exigent tous les droits dus à leur « féminité », plus cette fameuse liberté.

La liberté, l'indépendance, vous y tenez...

Ce sont mes armes. L'indépendance, c'est primordial. Il n'empêche que si l'on tombe amoureux de quelqu'un, on est complètement dépendant d'un coup de téléphone. L'indépendance n'empêche pas ce genre de dépendance, elle sert à ne pas voir les gens que l'on méprise, à ne pas dire bonjour à des gens qu'on trouve infâmes, à ne pas avoir à faire des tas de choses que des gens par ailleurs intelligents et sensibles font, parce qu'ils sont obligés de les faire pour vivre. Cette dépendance peut amener jusqu'au suicide. Les gens sont de plus en plus à la merci des autres. Ils sont toujours vus par quelqu'un, regardés par quelqu'un. Les gens n'ont jamais le temps de se replier un peu sur eux-mêmes, d'être seuls trois heures, de lire un livre, d'écouter de la musique, d'être tranquilles, de penser tout seuls, de faire marcher les muscles de leur tête.

L'indépendance, c'est comme des muscles qu'il faut développer. Or, les gens n'ont jamais le temps. D'une seconde à l'autre, leur univers peut s'écrouler, s'il leur manque un regard, s'il leur manque un appui. Alors, c'est le trou. Et ce trou, au lieu de le combler en prenant un livre ou en se couchant, on tombe dedans. Les gens s'affolent, la panique les prend. En outre, il y a l'horreur du bruit perpétuel, de la télévision, de la ville, et tous ces slogans stupides dans les journaux : « Soyez heureux »... « Comment être heureux »... Enfin, c'est abominable! On leur explique comment il est honteux et stupide d'être malheureux parce que tout est fait pour être heureux. Alors, quand ils ne le sont pas, ils se sentent coupables. Je crois que c'est une des raisons pour lesquelles les gens se suicident. Avant, on était malheureux. Par exemple, à l'époque du romantisme, les gens se promenaient en pleurant dans la rue, se tombaient dans les bras les uns des autres en sanglotant, et plus ils pleuraient, plus on disait qu'ils étaient intelligents et sensibles! Maintenant, si vous ne vous promenez pas en disant : « Tout va bien, tout va bien », on dit : « Pauvre crétin, va voir un psychiatre ou prends telle pilule! » C'est quand même idiot.

Est-ce que cette liberté est un grand goût pour la vie?

Tout à fait. Ma liberté a toujours été ma vraie passion, une passion enfantine, du reste.

Lorsqu'on observe votre parcours depuis 1954, on découvre que l'air de rien vous êtes devenue une des consciences politiques de votre époque. Comment cela s'est-il fait?

La politique, je m'en fichais. Et puis, il y a eu la guerre d'Algérie, j'ai signé le manifeste des 121 et j'ai été plastiquée. J'ai rejoint la gauche par instinct et j'ai eu confiance en Mitterrand.

Mais en 1965 n'avez-vous pas soutenu de Gaulle contre Mitterrand?

Oui. Il y a même eu un débat dans *Paris Match*. À cette époque-là, je défendais de Gaulle et Marguerite Duras, Mitterrand. Pour moi, de Gaulle était de gauche. Je le pense encore. À l'époque, je me méfiais de Mitterrand, je l'ai rencontré en 1979-1980, et là j'ai changé d'avis.

Vous savez la gauche, la droite... Par rapport à la misère, au fait qu'il y a des gens fauchés, qui claquent du bec, qui sont malheureux, il y a deux positions. Il y a ceux qui disent : la misère existe, mais c'est inéluctable; pour moi, ça fait des gens de droite. Et il y a ceux qui disent : la misère existe et c'est insupportable; ça fait les gens de gauche. La misère m'a toujours semblé insupportable comme idée.

Votez-vous?

Oui, et toujours à Cajarc, mon village natal.

Vous avez souvent devancé les spécialistes dans votre appréciation de la situation politique, par exemple en ce qui concerne Cuba, comment l'expliquez-vous?

L'histoire de Cuba, je n'en suis pas fâchée. Lorsque j'y suis allée en 1960, beaucoup s'extasiaient. Mais moi, tous ces soldats avec toutes ces mitraillettes m'inspiraient la plus grande méfiance. Le bon sens des femmes récalcitrantes aux drapeaux et aux trompettes, peut-être?

S'intéressait-on à la politique dans votre famille?

Mon père était sans opinion, sauf une : on ne vote pas communiste! Ma mère était de droite, traditionnellement, famille de hobereaux. Mais ce n'est pas tout simple : mes parents ont caché des juifs pendant la guerre.

Pendant la guerre, avez-vous eu peur?

Non, parce que ma mère n'avait pas peur. Quand la guerre a éclaté, mes parents nous ont laissés, mon frère, ma sœur et moi, chez ma grand-mère dans le Lot, et ils sont remontés à Paris parce que ma mère avait oublié ses chapeaux. Elle n'imaginait pas passer la guerre sans ses chapeaux. Quand ils sont revenus, nous nous sommes installés dans le Dauphiné puis dans le Vercors, où mon père pensait que nous serions plus tranquilles. En fait, on a passé notre temps entre les drames et les exécutions... Quand on était bombardés, ma mère ne voulait jamais descendre dans la cave. Elle disait que ça sentait mauvais. Comme elle n'avait pas peur, on n'avait pas peur. Mais un jour, il y a eu une grosse alerte et on est tout de même descendu. On jouait aux cartes. En remontant, ma mère a vu une souris dans la cuisine et elle s'est évanouie. Elle avait une peur bleue des souris.

Quelle était la figure la plus importante de votre famille? Votre père ou votre mère?

C'étaient mes parents. Leur différence, leur complémentarité. D'ailleurs, et c'est curieux,

ils ne s'entendaient bien que lorsqu'ils se dis-
putaient. Bref, au moment où ils prouvaient
leur différence, ils s'appréciaient davantage. Ce
sont des gens qui m'ont beaucoup aidée à vivre.

Qu'est-ce qui vous amuse?

Plein de choses. Les gens, certaines situa-
tions, les journaux, les médias, la tête que font
les gens à la télévision, une espèce d'attitude
noble qu'ils prennent souvent comme s'ils
étaient sur des tréteaux, une espèce d'attitude
forcenée quand on les met sous les projecteurs.
Je trouve ça assez rigolo. Ce sont des rires
sarcastiques, mais il y a aussi des rires plus
détendus, plus amicaux. J'adore Laurel et
Hardy.

Aimez-vous les vacances?

Le mot vacances a pour moi un parfum
d'enfance : il évoque ces paysages de Normandie ou de côte méditerranéene. Et aussi l'ho-
rizon moins clair de plusieurs boîtes à bac :
j'étais recalée en juin, et, vers dix-sept ans, je
passais mes vacances en pension.

Répéteriez-vous comme à la fin de Réponses,
*il y a quelques années : « Je voudrais ne pas être
adulte »?*

Réponse un peu ambiguë, un peu prétentieuse — puisque, adulte, je ne sais pas si je l'ai été finalement... Mes parents m'ont protégée, le succès m'a isolée des ennuis matériels, m'a évité d'être dominée par quelqu'un, j'ai été libre, j'ai mené une vie de collégienne. Les critiques, d'ailleurs, m'ont toujours parlé comme de vieux oncles, me reprochant mes voitures de sport, répétant, à la sortie d'un livre : « Ce coup-ci, elle n'a pas été très sérieuse, elle n'a pas très bien travaillé. » Ou : « Pourrait mieux faire, n'est pas sérieuse, mauvais sujet, mauvais développement. » Ou encore : « Boit trop, fume trop. » En Amérique, on fait des thèses sur moi ; au Japon, j'ai des fans-clubs comme Mireille Mathieu ; en Russie, on enseigne le français dans mes livres ; alors qu'en France on n'arrête pas de me donner des notes de conduite... Ça ne me rend pas amère, je trouve ça plutôt rigolo ! Il m'arrive même d'en rajouter.

De quoi avez-vous peur ?

De la maladie et de la mort des gens que j'aime. Pas de la mort pour moi-même... Non, pour les autres. Je me sens assez fragile par moments, vulnérable... Mais je suis rapide... Dans la fuite ! Il faut dire que je ne m'intéresse pas assez pour me supporter malade ou triste !

Vous-même avez frôlé la mort plusieurs fois...

Oh, j'ai failli mourir au moins cinq ou six fois déjà! Vous savez, ce sont des souvenirs plutôt... romanesques. Et aussi des souvenirs très pénibles de souffrances physiques. Au moment de mon premier accident de voiture, j'avais vingt-deux ans, on m'a fermé les yeux et enlevé ma petite chaîne du cou. Je n'avais plus du tout de pouls! On m'a aussi déjà donné l'extrême-onction.

Une autre fois, j'ai vraiment été sûre de mourir. Je croyais, tout le monde croyait, que j'avais un cancer du pancréas. J'ai fait jurer au médecin qui devait m'opérer de ne pas me réveiller s'il voyait que j'étais condamnée. En partant pour la salle d'opération, je priais le ciel qu'il m'obéisse, qu'il ne s'obstine pas à me soigner. J'étais donc sûre, mais sûre de mourir. C'est extrêmement plat ce qu'on ressent dans ces moments-là. On se dit : « Tiens, c'est maintenant? J'aurais pensé que ce serait plus tard. » Comme lorsqu'on est suivi par une personne qui vous rejoint plus tôt que vous n'auriez cru. On ne pense à personne, ni à sa famille ni à ses amis, on est seul et on se dit : « Flûte, déjà. » Le corps se révulse face à l'horreur, mais la tête dit : « Eh bien, voilà, c'est bête. »

Que vous est-il arrivé à Bogota?

Je me suis endormie à Bogota et je me suis réveillée à Paris... Quinze jours après! C'était surprenant! Et décevant... Je voulais voir Bogota, moi! Il paraît que cela arrive dix fois par an : un accident dû à l'altitude. Ils ont d'ailleurs une tente à oxygène dressée en permanence à l'aéroport. Un déchirement de la plèvre... (quel vilain mot!), mais, au réveil, j'étais de bonne humeur!

Quel souvenir gardez-vous de ces quinze jours?

Un souvenir confus... Les médecins ont prolongé exprès le coma pour que je ne tousse pas, j'étais bardée de tuyaux... J'avais l'impression de descendre des marches et de tomber, de tomber... Rien d'autre. Je suis morte cliniquement plusieurs fois et je peux vous dire qu'il n'y a rien! Et c'est bien rassurant! Ce qui m'inquiéterait, c'est l'idée d'une âme toute seule, tournoyant dans les airs, et qui hurlerait à la mort dans le noir absolu!

Ces « alertes » ont-elles changé votre façon de vivre?

Je n'ai jamais pu délimiter exactement de quelle façon ces alertes ont changé ma vie. Ça rend peut-être plus inconséquent, plus frivole. Je n'ai pas le même point de vue sur la mort que ceux qui ne l'ont jamais vue de près. Avoir entrevu la mort lui enlève beaucoup de prestige. Du coup, je suis peut-être une des personnes au monde qui a le moins peur de la mort. La mort, c'est le noir, le néant total, mais ce n'est pas terrifiant du tout.

Ces expériences dramatiques vous ont donc rendue plus frivole?

Je trouve ça élégant, la frivolité. Un endroit où se réfugier quand ça va mal. Quand une pièce de théâtre ne marche pas, quand une critique est épouvantable, si on a vu la mort on ne peut plus en parler gravement en s'arrachant les cheveux. On se dit : « Halte là! il y a des choses plus graves! » La frivolité est aussi une manière d'être civilisé, de respecter les gens en restant léger. Je ne vais pas leur dire : « Attention, il m'arrive une chose grave! » Les malheureux, ils ne sauraient pas quoi en faire.

Je me demande, si un jour j'avais une maladie mortelle, si j'en parlerais à mes proches. Je ne crois pas.

Mais voudriez-vous que les médecins vous le disent?

Bien sûr. Pas six mois à l'avance, ce n'est pas la peine. Quinze jours avant, ça suffit! De toute façon, on se ment toujours. Pendant ces quelques heures où j'ai cru que j'allais mourir, j'ai compris pourquoi tant de gens intelligents se mentaient.

Je pense à Roger Vailland. Trois mois avant sa mort, il me parlait de ses projets pour l'année suivante. Je me disais : « Ce n'est pas pensable, il est intelligent, il voit bien tous les signes de la mort qui approche! » Or, il croyait réellement qu'il n'allait pas mourir. L'esprit se refuse à admettre cette idée.

Moi, j'ai accepté l'idée de la mort pendant quelques heures seulement. Mais après, lorsqu'on est épuisé, l'esprit doit se mettre à refuser. Ce n'est pas un manque de courage, c'est l'esprit qui lutte.

N'êtes-vous jamais angoissée?

Je l'ai été il y a quelque temps, durant deux ou trois ans, mais ce ne fut qu'une angoisse passagère. Bien sûr, il m'arrive de l'être encore par moments. Quelquefois, on se réveille avec

le cœur qui bat : « Qu'est-ce que je vais devenir? Que va devenir ma vie?» Tout le monde,
un jour ou l'autre, a l'idée de sa propre mort.
On dit : « Je ne serai plus, je ne verrai plus les
arbres. » Ce n'est pas l'idée de mourir, c'est
l'idée de ne plus être là. Ça, c'est affreux.

*Quelle est pour vous la signification de la
mort?*

La fin de la vie. Ça vient un jour ou l'autre.

À quoi ça sert de vivre?

À rien. Il y a des moments où on est très
heureux.

N'avez-vous jamais eu la foi?

Depuis mon passage aux Oiseaux, une ins-
titution religieuse, je ne crois plus en Dieu.
C'est à quatorze ou quinze ans, en lisant Camus,
Sartre, Prévert, que j'ai perdu la foi. Mais ce
qui m'a complètement dégoûtée à cet âge, c'est
le spectacle des malades à Lourdes, où j'étais
passée avec mes parents. Il y avait tous ces
pauvres gens qui attendaient un miracle et il
ne s'est rien passé. D'ailleurs, je ne me serais
pas contentée d'un miracle : il m'en fallait cinquante! Je ne crois pas en Dieu. Mais je ne suis

pas contre Dieu. Ce n'est pas un problème pour moi.

Vous semblez penser que la mort exige une certaine pudeur. Surtout lorsqu'il s'agit de suicide. Dans Bonjour tristesse, *Anne camoufle son suicide en accident de voiture...*

J'ai connu dans ma vie quelques personnes qui se sont suicidées. On a une terrible impression de désespoir, d'impuissance lorsque des amis qu'on aimait se sont tués. Je me disais : « Mon Dieu, moi, si j'en arrivais à ce stade, je ferais ce qu'il faut pour ne pas laisser aux autres, en plus, ce poids, cette espèce de déchirure de n'avoir rien pu faire, de n'avoir pas compris à temps. » D'autre part, je crois que, quand on se tue, c'est pour infliger sa mort aux autres. Il est très rare de voir des suicides élégants.

Vous êtes-vous intéressée à la psychanalyse?

Pas beaucoup. Je reconnais son utilité, mais pour certains cas particuliers. En ce qui me concerne, j'ai toujours trouvé toute seule le remède à mes angoisses. Généralement, elles passaient vite. Mes nombreux conflits intérieurs n'ont jamais suscité en moi l'envie de courir voir un psychiatre. Quand, durant deux ans, j'ai eu des amours malheureuses, eh bien, je n'ai pas songé à me faire psychanalyser. Un écrivain doit avoir un minimum de complication interne pour écrire. Un minimum, parce que lorsque je suis mal dans ma peau ou angoissée, je ne peux pas écrire une ligne.

Quel métier auriez-vous pu exercer?

J'aurais peut-être été attirée par la médecine. Ce qui m'intéresse, ce sont les rapports du corps avec la tête, les manifestations psychosomatiques, mais surtout pas la psychanalyse. Tous les psychanalysés que je connais m'ennuient terriblement!

Vous arrive-t-il parfois de songer au passé?

J'y pense peu. Si j'essaie de penser aux dernières années, j'ai l'impression de voir un film tourner, comme les films de Mack Sennett, tous ces gens qui entrent, qui sortent... Quand je pense à tout ce qui s'est passé, j'ai le vertige.

Ce film vous intéresse-t-il?

Oui, mais le film continue, il n'est pas fini de tourner, j'en suis l'acteur et le metteur en scène, le producteur et le distributeur. L'important, c'est de passer à travers ce scénario tout en gardant intactes certaines facultés qui vous permettent de vivre bien... Par exemple, un certain sang-froid sur les choses, sur les gens..., un léger recul. C'est très important, un léger recul...

Justement, avec le recul, quel regard portez-vous aujourd'hui sur ce qui a fait votre légende : la vitesse, le jeu...?

Je n'ai pas l'impression d'avoir grandi. Mais de toute façon, je vous l'ai dit, on s'adresse sans arrêt à moi comme lorsqu'un vieil oncle fait la leçon à sa jeune nièce. Mais, finalement, les gens m'aiment bien. Je m'en suis rendu compte quand j'ai failli mourir à Bogota. De retour à Paris, à ma sortie de l'hôpital, j'étais étonnée de voir comme des inconnus me sautaient au cou! Les patrons de bistrot m'offraient des verres... Les chauffeurs de taxi proposaient de me transporter gratuitement... Des gens de toute sorte étaient exquis!

Avez-vous la nostalgie de votre enfance?

Je crois qu'on est tous nostalgiques de l'enfance. La mienne a été très heureuse. J'ai eu des parents exquis. L'enfance, c'est l'insouciance, l'irresponsabilité. De plus, on est aimé d'une manière inconditionnelle.

Vous parlez souvent du temps dans vos romans. Est-ce quelque chose qui vous intéresse ?

Dans la mesure où tout est folie, le temps est la seule notion qui soit vérifiable. Le temps et l'espace sont deux notions de la sensibilité, et je pense que le temps est la notion la plus sensible.

Le temps vous fait-il peur ?

Non, pas en tant qu'élément corrosif. Il me fait peur par son influence sur les sentiments, sur les gens. C'est vrai que certaines personnes, et peut-être moi-même, je ne sais pas, ont été complètement déviées de leur trajectoire avec le temps.

Avez-vous peur de vieillir ?

Non. Je n'y pense pas encore. J'ai tort, n'est-ce pas ? Mais la vieillesse commence – je ne dis pas cela pour me réconforter – à l'instant où l'on n'est plus désiré, où il n'y a plus de rencontres possibles. Ce n'est jamais un rapport d'âge. Mais on a beau être une tête folle, persister à « faire des bêtises », certains matins, on claque des dents. D'autres matins, on s'explique tout, on ne doute plus que la terre soit ronde et que l'univers entier vous appartienne. C'est un phénomène qui se produit sur le tard. À vingt ans, on oublie moins, on verse sans honte ses larmes, et on se contemple avec amour en train de pleurer devant une glace...

Vous refusez donc de vous préoccuper de problème d'âge...

En fait, il me préoccupe beaucoup moins que lorsque j'avais cinq ans. Le jour de mon cinquième anniversaire, j'ai fait une colère terrible en envoyant valser le gâteau, les bougies et les cadeaux, parce que je refusais de « devenir vieille ». Aujourd'hui, j'ai bien quelques problèmes de rides qui m'ennuient. Alors je fais des trucs classiques, des masques de beauté, comme on dit, mais je ne m'inquiète pas.

Vous n'avez rien perdu de votre enthousiasme...

J'étais certainement moins enthousiaste à vingt ans que maintenant. Enthousiaste n'est d'ailleurs pas le mot qui convient. Je veux seulement dire qu'on est beaucoup plus encombré de soi-même à vingt ans que plus tard. La phrase de Nizan : « J'avais vingt ans. Je ne laisserai personne dire que c'est le plus bel âge de la vie » est devenue un lieu commun, mais je la crois juste. La vie me paraît plus facile à prendre qu'à vingt ans.

N'êtes-vous pas finalement plus simple et plus compliquée que les schémas qu'on présente de vous ?

On a souvent tiré mes succès littéraires du côté des faits divers : voitures de sport, jeu, caprices. Le moindre incident se transforme en choc. La moindre erreur ou inattention se traduit par des difficultés, des procès. N'importe quel malentendu se mue en machination supposée. Je représente une surface d'intérêt. Alors, on me charge d'aventures hypothétiques, de copains et de copines présumés, vrais ou faux qu'importe, de malheurs, bonheurs, vrais ou faux aussi. Mais, en vérité, ma vie est beaucoup plus linéaire que ce qu'on appelle ma légende.

Vous avez dit : « On connaît un écrivain si l'on connaît ses nostalgies. » Quelles sont vos nostalgies ?

Je regrette de ne pas avoir une vie plus lente, plus harmonieuse, plus poétique. L'image

de moi rêvée, c'est moi écrivant dans un grand
lit, sur une plage, sans avoir rien d'autre à faire.

Une image de paresse?

De paradis. De paradis paresseux, mais au
paradis les gens ne travaillent pas. C'est une
honte d'avoir à travailler pour vivre! Je travaille
uniquement parce que je vis dans une société
où tout le monde travaille. Si je ne travaillais
pas, je me sentirais un peu... une ratée. Mais,
dans une société où les gens ne font rien, je
ferais comme eux, rien!

Même pas de livres?

Des poésies pour le plaisir pur. Je ne me
suis jamais imaginée n'écrivant pas. Mais ne
travaillant pas, oui, très bien. Travailler pour
vivre est une aliénation chrétienne pénible.

Et l'immortalité?

Je m'en moque. La gloire, l'immortalité
après moi... Si l'on me disait que, dès l'instant
où je serai dans la terre, il n'y aura plus un
article sur moi, plus rien, cela me serait — m'est
— complètement indifférent.

Pensez-vous que vous resterez dans la littérature?

Je ne sais pas. Curieusement, cela aussi m'est un peu égal. Il n'y a que les hommes qui ont ce souci de rester, les femmes s'en fichent. Cela tient au fait qu'elles ont des enfants. L'autre jour, je suis tombée sur un de mes livres dans un avion. Je me suis dit : « Tiens, ce n'est pas tellement démodé. » De là à dire que je resterai dans la littérature, allez savoir!

Pensez-vous qu'un jour dans votre vie, ce sera le grand calme, la sérénité?

C'est mal parti.

Et si tout était à recommencer?

Si tout était à recommencer, je recommencerais bien sûr, en évitant quelques broutilles : les accidents de voiture, les séjours à l'hôpital, les chagrins d'amour. Mais je ne renie rien. Mon image, ma légende, il n'y a rien de faux là-dedans. J'aime les bêtises, boire, conduire très vite. Reste qu'il y a des tas de choses que j'aime et qui sont aussi intelligentes que le whisky ou les voitures. Comme la musique ou la littérature.

Quelle question souhaitez-vous que l'on vous pose encore?

Je n'aime pas les questions, j'aime les conversations. Je suis toujours la questionnée, je ne me sens pas à l'aise et je n'ai pas assez d'intérêt pour mon personnage. Qu'est-ce qui vous a poussé à faire des articles... Tout petit, vous écriviez déjà?

Voici la liste des journaux qui ont publié des propos de Françoise Sagan :

L'Auto-Journal — *Le Canard enchaîné* — *Châtelaine* — *Le Devoir* — *Elle* — *L'Équipe* — *L'Événement du jeudi* — *L'Express* — *Femme* — *Le Figaro* — *F. Magazine* — *France-Soir* — *Globe* — *Le Journal du dimanche* — *Libération* — *Lire* — *Lui* — *Madame Figaro* — *Le Magazine littéraire* — *Marbre* — *Marie-Claire* — *Paris Match* — *Le Matin* — *Le Monde* — *New York Times* — *Les Nouvelles littéraires* — *Le Nouvel Observateur* — *Ouest-France* — *Le Parisien* — *Playboy* — *Le Point* — *La Presse* — *Le Quotidien de Paris* — *Le Républicain lorrain* — *Le Soir* (Bruxelles) — *Télé Magazine* — *Télé Moustique* — *Télérama* — *Télé 7 Jours* — *Times Magazine* — *L'Unité*.

Ces propos ont été recueillis par :

Maurice Achard — Christine Arnothy — Georges Auric — François-Marie Bannier — Claude Berri — Anne Boissière — François Bott — Jean-Jacques Brochier — Isabelle Cauchois — Hervé Chabalier — Catherine Chaine — Jean Chalon — Madeleine Chapsal — Benoît Charpentier — Jeannette Colombel — Gilles Costaz — Michèle Cotta — Michel Cressole — Catherine David — Jacques de Decker — Claire Devarrieux — Pierre Deville — Françoise Ducout —

Paulette Durieux – Bernard Frank – Patricia Gandin – Jérôme Garcin – Michèle Gazier – Annick Geille – Sylvie Genevoix – Agathe Godard – Ermine Herscher – Jean-François Josselin – Serge July – Jean-François Kervéan – Gilles Lambert – Michel Lambert – Jean-Claude Lamy – Jacques Laurent – Marie Laurier – Annette Lévy-Willard – Hélène Mathieu – Paul Morelle – Pierre Murat – Françoise Pirart – Patrick Poivre d'Arvor – Bertrand Poirot-Delpech – Gilles Pudlowski – Michel Radenac – Régine – Alix Rheims – Ginou Richard – Patrick Rivet – Pierrette Rosset – Monique Roy – Claude Sarraute – Jacques Saubert – Josyane Savigneau – Judith Schlumberger – Catherine Schwaab – Daniel Seguin – Claudine Segur – Pierre Serval – Danièle Sommer – Élisabeth Sousset – Cécile Thibaud – Claudine Vernier-Palliez – Laurence Vidal.

À la dernière et unique question formulée par Françoise Sagan, il semblerait, de source presque sûre, que la plupart des susnommés, tout petits, écrivaient déjà.

*Achevé d'imprimer en janvier 1994
sur les presses de l'Imprimerie Bussière
à Saint-Amand (Cher)*

POCKET - 12, avenue d'Italie - 75627 Paris Cedex 13
Tél. : 44-16-05-00

— N° d'imp. 2910. —
Dépôt légal : février 1994.

Imprimé en France